나에게
쓰는
마음의
편지

진정한 나를 찾아가는
자신과의 대화

나에게
쓰는
마음의
편지

휴 프레이더 지음 — 오현수 옮김

큰나무

1970년대, 나는 《나에게 보내는 편지》를 써서 많은 독자의 사랑을 받았다. 그러나 돌이켜보건대 그 작품은 어떤 면에서는 당시를 초월했지만 여러 면에서는 그렇지 못했다.

그 작품의 저변에는 우리가 내밀한 감정, 행동 양식, 생각, 꿈, 다른 사람에 대한 반응으로부터 우리 자신을 배울 수 있다는 약속을 깔고 있다. 내가 더 많이 의식할수록 자신을 더 많이 향상시킬 수 있고, 그 향상은 내 인생의 전반에 걸쳐 다른 객체에게 접근하는 쪽으로 이루어진다는 식이다.

그런 가정은 불완전하지만 그리 많이 틀리지는 않았다. 두말할 것도 없이 우리의 가슴속을 들여다보고 우리가 믿는 것을 살피는 것은 좋은 일이다. 우리의 감정은 여러 겹으로 중첩되어 있어 깊이 파고들수록 더욱 사랑스럽고 일체화가 될 것이다.

하지만 그 시점에서 나는 우리가 여전히 동량의 사랑과 공포로 이루어지고, 상처를 치료하고픈 욕망과 상처를 내고 싶은 욕망을 동시에 가진다고 생각했다. 즉, 그 두 가지를 구별하면서도 동일시한 것이다. 이러한 생각은 아주 느린 과정을 밟아 수정되어 왔다.

이제 나는 아주 소립자적인 자신과 '자아', '일체', '더 내밀한 자신' 사이에 존재하는 크나큰 골을 더 확실하게 볼 수 있다.

1970년대는 자아 증대에 대한 보편적인 열중의 출현기로 기록된다. 감수성 단체, 의식을 성장시키는 단체, 교우단체가 난립했고 각종 서적과 연설가들이 우리에게 자기 자신을 사랑하고 자신의 감정을 '존중'하라고 강권하는 흐름을 일궜다. 이러한 동향이 매우 좋았다 해도, 그 현저한 특징은 이상적이었다.

즉, 무엇보다 우리는 자아의 욕구를 규정하고 우리 자신을 그 자아에 부합시켜야 했다. 게다가 우리 자아의 욕구가 무의식적으로 작용해서는 안 되는 것이었다.

하지만 인생에서 자아의 욕구에 부합하는 것이 우리의 원초적인 핵심이 될 때, 우리는 한 번도 포착하지 못한 것을 이제 반드시 가져야 한다는 중압감에 사로잡힌다. 이런 태도는 꽤 개별적으로 보편적인 외양과 달리 '위력 증가하기'가 전혀 아니다.

우리 안에는 우리의 분리된 감정, 분리된 견해, 다른 사람과 일체감을 느껴야 한다는 분리된 의사보다 더 큰 힘의 근원이 내재한다.

한 명의 이기적인 사람은 아무것도 교차하지 않는 단일한 선과 같다. 그 선을 더욱 두껍고 길게 만드는 일은 인상적일 테지만 결국 아무것도 완수하지 못한다.

만일 우리가 개인적인 상이함에 온 힘을 기울인다면 우리는 고독과 상실감을 향한 막다른 길을 달리게 된다.

《나에게 보내는 편지》를 저술했을 때, 나는 우리를 하나로 묶는 경험이 부족했다. 나는 일체성의 개념에 대해 장광설을 늘어놓았지만, 그것은 여전히 그저 철학이자 수많은 이념 가운데 하나였다. 또 다른 초기 작품 속에서 나는 '걷어차이고 울부짖으며 끌려가는' 방법 이외에 인생을 살아나가는 또 다른 방법에 대해 모색했다. 그 질문을 던졌을 때, 나는 여전히 질문 자체와 사랑에 빠져 있었다.

하지만 지금은 그 대답과 사랑에 빠져 있다. 부디 이해하기 바란다. 그 대답은 유대교와 불교와 근본주의와 천주교와 그 밖의 모든 사상을 반드시 포괄해야 하는 곳에 있지 않다. 또한 신에 대한 믿음 속에도 있지 않다. 믿음은 제한된 유용 가치를 지닌다.

어쩌면 신성한 경전과 영감적인 작품이 그 길을 집어낼 수 있으리라.

우리는 단순히 분리된 존재가 아니다. 오로지 우리 자신에게만 영향을 끼치는 아주 초립자적인 생각은 존재하지 않는다. 그것은 모두 환상에 불과하다, 아주 강력한 환상이지만.

이 책에서는 한 인간이 자신의 여행을 시작할 수 있는 방법을 편지의 형식으로 다뤘다. 그리고 하나하나의 어휘 안에는 필자 자신과 다른 사람에게 말해왔던 내용이 담겨 있다. 그 내용은 필자의 아내와 함께 생각해 왔고, 함께 살아오면서 점점 더 많이 체험한 것들이다.

나를 믿어도 좋다. 이 책의 내용은 예비 시험을 거쳤다. 그러니 안심하고 은행에 저장해도 좋다. 나는 이 책을 《나에게 보내는 편지》를 집필할 때처럼 문맥을 뽑고 다듬어 한 권의 책으로 꾸미려고 노력했다. 여러분은 이 책을 읽음으로써 최소한 '영원히 아름다운 곳'으로 가는 샛길 하나를 터득할 것이다.

프롤로그

'당신'이라는 호칭

아내와 나는 단체 운동을 좋아하는 자식을 두고 있기 때문에 그들이 경기 중에 그들 자신에게 말을 거는 모습을 종종 봐왔다.

"경기에 집중해."
"팔이 아니라 온몸으로 휘둘러."

이와 비슷한 방식으로 나는 관심을 집중하기 위해 나 자신을 '당신'이란 이인칭으로 썼다.

그러므로 이 책에서 독자 여러분에게 '당신'이라고 불렀다 해도, 그보다 더 많이 나는 여러분에게 퉁명스럽지 않다.

확고한 상기가 나의 나태한 생각을 단칼에 자를 수 있다. 예를 들어 다음과 같은 문장이 있다.

"방금 일을 잊어라. 그보다 더 중요한 일로 돌아가라."

이와 같이 본문의 많은 부분은 내가 목욕탕 거울이나 냉장고 문 앞에서 중얼거리는 것에 가깝다.

이성은 자기 교정을 할 수 있고, 또 그렇게 해야 하고, 가끔 정신적인 확고함의 건강한 처방이 이런 과정의 가장 효과적인 부분이다.

아무튼 나는 자기 검열과 죄책감이 자신을 고무하는 면이 되어서는 안 된다고 생각한다. 그 이유는 모든 형태의 공격이 마음을 통합하고 초점을 맞추기보다 분산시키기 때문이다.

·
차
례

자아의
발견

나는 진실을 이용할 수 없지만
내가 진실이 될 수 있다.
진실을 이용하려고 들 때 나는 내 자신을 진실로부터
분리된 객체로 여긴다. 내가 있는 그대로의 나를 믿는 것이
세상에 대한 내 선물을 제한하거나
훼방하지 않을 것이다.

아주 짧은 순간에

**삶의 모든 순간에 있어서 우리는 자신을 남들과 구별하는 것이 아니라
모든 사람과 공통되는 것을 찾으려고 힘써야 한다.**

– 존 러스킨

각성이 하나의 극적인 사건으로 여겨지는 경향과 달리 그것은 우리가 현재를 명심하고, 우리의 친절과 기쁨의 실천적인 본성으로 되돌아가는 아주 짧은 순간에 가장 많이 경험된다.

그 순간의 횟수가 늘고 모두 합해질 때 우리는 우리의 신성한 본성이 사랑이고, 이해이고, 행복이고, 우리를 모든 것과 연결시킨다는 것을 배운다.

마음의 자리

**미래의 행복을 보장하는 가장 좋은 방법은 오늘 가능한 최대의
행복을 누리는 것이다.**

– 찰스 엘리엇

각성하고 각성한 채 있으려면 당신의 마음을 지금 뜨고 있는 눈
에 집중하라.

거듭해서 당신의 마음을 당신이 현재 있는 곳과 현재의 모습 그
리고 지금 당신과 함께 하는 사람에게 돌려라.

무엇에 대한 책임

우리는 뭔가 한 일에 대해서만 책임을 지고 있는 것이 아니라 뭔가 하지 않은 일에
대해서도 역시 책임을 지고 있다

— 몰리에르

우리는 우리의 신장이나 발 크기를 결정하지 않는다.

그리고 우리의 자아를 만들지 않는다.

오로지 그것을 받아들일 뿐이다.

우리는 우리의 개성과 그 원형이 이제 우리가 다뤄야 할 우리의
것이라는 면에서 그것에 대한 책임이 있다.

하지만 우리는 우리가 그것을 만들었으니 욕을 먹어야 한다는
면에선 그 책임이 없다.

사랑의 품속

모든 것은 제자리가 있다. 새는 하늘에, 돌은 땅 위에 있다.
물속에는 물고기가 살고 있고, 내 영혼은 신의 손안에 있다.

– 요한 쉐플러

우리의 자아는 기본적으로 완고하다.

영적으로 얼마나 향상했는지와 상관없이 자아 속으로 돌아갈
때마다 그것은 여전히 그곳에 있다.

우리는 결코 그것을 절대 완성하지 못할 것이다.

그저 신의 손을 잡고 과거의 옹졸함 위로 비상하라.

당신은 사랑의 품속에서 '형성기'보다 완벽하다.

사랑 그 자체처럼 완벽하게 남아 있다.

진정한 나

과거를 후회하지 마라. 후회한다고 해서 무슨 소용이 있겠는가.
거짓은 후회하라고 말하는 반면 진실은 사랑으로 가득 찬
생활을 하라고 말한다. 슬프고 좋지 않은 기억은 모두 잊어버려라.
과거를 더 이상 담지 마라. 사랑의 빛과 우리들에게 주어진
모든 것들의 빛 안에서 살아가라.

ㅡ 페르시아 격언

나는 말한다.

과거에서 벗어나고 싶다고, 부모님을 용서하고 싶다고, 내 어린 시절을 떨쳐버리고 싶다고.

하지만 내 세속적인 정체성은 내 과거에서 왔다.

나는 진정으로 과거의 경험 속에서 지금의 나를 간추리고 선택하고 싶다.

거기에는 내가 자유로워지고 싶은 동시에 간직하고 싶은 자아의 일부분이 있으니까.

하지만 나는 내 과거를 모두 해방하기 전까지 그것에서 벗어나지 못할 것이다.

만일 내가 진정한 나를 알고 싶다면 나는 반드시 세속적인 정체

성을 포기해야 한다.

모든 생각이 제 안에 자리 잡게 하십시오.

자아가 제 마음속에서 서서히 용해되게 하십시오.

그리고 저를 영원하게 하십시오.

당신이 저를 만드셨던 그대로.

돌출, 늘어짐, 낙하

나이는 시간과 함께 달려가고, 뜻은 세월과 더불어 사라져간다.
드디어 말라 떨어진 뒤에 궁한 집 속에서 슬피 탄식한들 어찌 되돌릴 수 있으랴.
— 《소학》 중에서

육체상에서는 모든 부분이 돌출하거나, 늘어진다.

성장할수록 더 많이 돌출한다.

나이를 먹을수록 더 많이 늘어진다.

그 다음 단계는 낙하다.

침몰하는 배를 버리는 장면은 꽤 흥미진진하다.

그런 영화에서처럼 당신이라고 다를 성싶지 않다.

당신의 영혼이 그 줄거리에 뭐라 말할 수 있을까?

육신의 긴장을 풀고 비상하라?

무의미한 전쟁

마음에 있지 않으면 보아도 보이지 않고, 들어도 들리지 않고
먹어도 그 맛을 모른다. 이리하여 몸을 닦는 것은 마음을 바로잡는 데
있다고 이르는 것이다.
— 《대학》 중에서

생명체를 입에 대지 않는 것은 그것을 먹는 것보다 수준 높은 길이다.

하지만 거기에는 당신이 고기 한 점을 놓고 당신의 육체와 치열한 접전을 벌여야 한다는 의무가 뒤따르지 않는다.

나는 최근에 어떤 사람의 경험담을 들었는데, 그는 전날 밤 잠자리에 들기 전에 평소처럼 한두 개의 쿠키 대신에 바나나를 먹었단다.

그는 그것이 놀랄 만큼 힘들었다고 말했다.

하지만 바나나에 당분이 덜 함유되었다는 이유에서 그는 자신의 새로운 접근이 영적인 길에 유용하리라 여겼다.

사실 그건 분명히 그렇지 않다.

그의 경험에서 핵심 어휘는 '놀랄 만큼 어려웠다'이다.

우리는 육체와 이 같은 전쟁을 벌이고 신과 우리 사이에 육신을 개입시킨다.

그것은 가장 영적인 가르침에서 발견되는 오래되고 명예로운 실수로, 불필요한 장해물을 설치하는 짓이다.

당신이 자아의 의지와 무의미한 전쟁을 하지 말아야 할 이유는 결국 자아가 승리할 터이기 때문이다.

그리고 당신은 의기소침해질 것이다.

대체 누가 진정으로 바나나가 쿠키보다 더 영적이라고 믿는다는 말인가?

당신은 10년 동안 매일 밤마다 바나나를 먹고도 신에게 조금도 더 가까워지지 못할지 모른다.

시도할 가치 있는 위험

어떤 사람은 자기는 늘 불행하다고 자탄한다.
그러나 이것은 자신이 행복함을 깨닫지 못하기 때문이다.
행복이란 누가 주는 것이 아니라 스스로 찾는 것이다.
— 도스토옙스키

행복해지는 것은 친절과 평화 속에서 모든 일을 행하는 것이다.
하지만 많은 사람들이 그게 아주 어려운 교훈임을 발견한다.
그들은 말한다.

"만일 행복이 목표가 아니라 수단이라면 마약과 정사와 파괴
행위 등은 어떻게 되는 거냐."

그럼, 당신이 행복하게 마약 중독자를 추구하지 않으면 된다.
당신이 행복하게 배우자나 자식을 패지 않으면 된다.
심지어 그것이 대부분의 사람이 행복해지기를 두려워한다는
공인된 지표가 되어야 한다는 자명한 사실이다.

대부분의 사람은 불행의 친근한 양식을 반복함으로써 파생되고 있는 편안함을 거는 도박을 원치 않는다.

무엇보다 다른 사람을 배신하는 짓은 절대적인 위력을 느낄 수 있고 복수하는 짓은 충족감을 느낄 수 있으니까.

성인이 되기를 실천하는 일에는 용기가 필요하다.

그럼에도 불구하고 그것은 시도할 가치가 있는 위험이다.

그러나 명심하라.

당신은 성인이 되어야 한다.

그저 성인다움의 그림을 보여주는 게 아니라.

성인이 되기를 실천하는 일에는 용기가 필요하다.
그럼에도 불구하고 그것은 시도할 가치가 있는 위험이다.

하지 말아야 하는 것

처음부터 자기 마음속에 의심을 품고 다른 의심스러운 것을 풀려고 하면 그 결정은 타당한 것이 될 수 없다. 대상에 대해 자기 마음이 이미 편견으로 정해져 있기 때문이다. 사물을 판단하는 데는 먼저 자기 자신의 마음을 조용하게 가라앉힌 후에야 비로소 바르게 판단할 수 있는 것이다.

– 순자

내가 실수했던 과거 속에서 취한 저 많은 경직된 입장을 보라.

그건 다른 새로운 입장과 어떻게 다른가?

나는 신의 또 다른 자녀에게 어떤 입장을 취할 때 마음을 분열시킨다.

그렇다고 신문에 투고해선 안 된다거나, 자동차를 무용지물로 만들라는 건 아니다.

내 마음에 자동차에 반대하는 입장을 취하지 말아야 한다는 뜻이다.

내가 의견인가

누구도 자기가 하는 말이 다 뜻이 있어서 하는 것이 아니다.
그럼에도 자기가 뜻하는 바를 모두 말하는 사람은 거의 없다.

— H. 애덤즈

왜 나는 내 의견을 방어하는가?

내가 의견인가?

이전의 내 의견은 결코 아무도 행복하게 하지 못했다.

하라, 지금

생각을 한곳에 모아 욕심이 동하게 하지 말고, 뜨거운 쇳덩이를 입에
머금고 목이 타는 괴로움을 스스로 만들지 마라.
– 《법구경》 중에서

쉽게 잊히는 말을 하라.
쉽게 간과되는 행동을 하라.
영원히 지속되는 생각을 하라.

각성은 그저 각성

인생은 짧고 권태로운 것이다. 우리는 이러한 인생을 끊임없는 바람 속에서
흘려보낸다. 그래서 늘 평온하고 행복한 생활을 꿈꾸며 건강하고 혈기 왕성한 가장
좋은 시기를 보내버리는 경우가 많다. 행복은 우리의 이러한 바람 속에서 뜻하지 않
게 찾아오는 것이다. 우리가 우리의 열정을 불태우고 삭이고 있는 현재, 우리는 이미
행복한 상태에 놓여 있는지도 모른다. 우리가 이를 깨달을 수만 있다면
더는 바라기만 하는 삶은 살지 않아도 될 것이다.

− 라 브뤼에르, 《인물론》

각성은 각성하는 과정을 분석하지 않는다.

또는 눈을 뜨고 있는 단계가 무엇인지를, 우리의 각성을 가로막
는 실수의 유형을 분석하지 않는다.

각성은 그저 각성이다.

그때 우리는

그대가 얻고자 하는 것은 이미 얻어졌다는 진리를 깨달으라.
그것은 바로 여기에 있어서 얻어지는 것이다. 그렇지 않으면
어디 가서도 얻을 수 없으리라.

– 칼라일

진실을 그만 찾고 우리의 마음이 영원히 변하는 때가 있다.

현명한 냉소를 포기할 때가 있다.

우리가 믿어야 할 것을 선택할 때가 있다.

인생 속에서 당신은 많은 것을 믿어왔고, 그 대부분은 잘못으로
판명되었다.

아마 당신은 새로운 동향, 오래된 종교, 이국적 사상 또는 단체
치료나 최첨단 심리학을 의지해왔을 것이다.

하지만 필연적으로 당신은 실망을 맛봤다.

명상하고 신에게 향하고자 했지만 아무런 효과를 보지 못했거
나 아니면 너무 미약하고 일시적이라 무의미하게 보였을 것이다.

이제, 여기에서 나는 당신에게 각성하라고 말하고 있다.

하지만 여기에서 당신은 너무 현실적인 듯한 세상과 너무 먼 듯한 신을 처리해야 한다.

내가 당신에게 할 수 있는 말은 당신이 믿음의 도약을 해야 할 시점에 그때가 올 것이다.

당신은 한 걸음씩 조금씩 안전하고 이성적으로 발을 떼서 그곳에 도달하지 못할 것이다.

그렇게 당신은 여기까지 왔지만, 이제 결단을 내리고 이번에는 그 결정이 영구적이어야 한다.

당신은 신의 품속에 있다고 믿을 것인가, 아니면 신이 좋아하지 않는 곳에 있다고 믿을 것인가?

사랑 속인가, 아니면 모든 살아 있는 것이 홀로 죽어가는 곳인가?

영원 속인가, 아니면 변호가 모든 걸 파괴하는 곳인가?

당신은 믿음을 선택할 수 있다.

그 믿음은 진실을 바꿀 수 없지만, 만일 이번에 각성한다면 믿음이 결정된다.

비극의 종말

속세를 벗어나는 길은 곧 세상을 건너는 가운데 있나니, 반드시 사람을 끊고 세상에서 도망쳐야 하는 것은 아니다. 마음을 깨닫는 공부는 곧 마음을 다하는 속에 있나니 반드시 욕심을 끊어 마음을 식은 재처럼 해야 하는 것은 아니다.

– 《채근담》 중에서

당신의 영적인 노력은 이 세상에서 당신에게 아무 특혜를 주지 않고 그럼에도 불구하고 당신은 이 세상에 갇힌 듯하다.

즉 당신의 모든 즐거움과 고통, 그리고 당신에게 중요한 모든 경험이 세상 안에 있다.

만일 또 다른 세상과 또 다른 현실이 있다면 어떤 차이가 생길까?

진짜처럼 보이는 걸 다루고 자각을 잊어버릴 수 없을까?

왜냐하면 그게 당신이 항상 이 질문을 해왔던 방법이니까.

당신은 전에도 이 비극을 수천 번 반복해 왔다.

그래도 신은 당신을 위해 기다리고 있다.

그리고 이미 각성한 이들도 당신의 즐거운 귀향을 기다리고 있다.

죽음은 이러한 축하연으로 향하는 문이 아니다.

당신이 현세에서 행하는 노력이 당신을 그 문 안으로 인도한다.

당신이 조금만 더 시도하면 당신은 세상에 종속된 모든 부속물을 발견하고 기꺼이 그것을 해방시킬 것이다.

일단 당신이 더 이상 분열되지 않을 때 사랑의 든든한 팔이 당신을 빛과 기쁨 속으로 끌어올린다.

그리고 재난의 이 작은 꿈이 당신의 마음속에서 옅어지고 그곳에 있는 모든 이들이 이제 당신과 함께 할 것이다.

영혼을 묶는 힘

물질적이고 동물적인 것만 추구하는 삶처럼 나쁜 것은 없으며
영혼을 살찌우려는 행위보다 본인 자신과 타인에게 유익한 일은 없다.
– 톨스토이

우리의 문화는 사람들의 삶에 대해 "그들이 중요한 존재가 될
까?"라는 질문을 던진다.

우리의 문화는 그들이 얼마나 자주 고적함 속에서 신에게 향했
는지 묻지 않는다.

고적함은 세상에 흔적을 남기지 않는다.

하지만 그것은 평화의 키스 속에 잠긴 모든 영혼을 하나로 묶
는다.

우리가 놓친 것

용기를 내어 그대가 생각하는 대로 살지 않으면,
머지않아 사는 대로 생각하게 된다.

- 폴 발레리

그렇다, 죽음은 불편하다.

하지만 나는 이미, 하루를 더 살려고 침대에서 일어나 세상을
활보하는 기회보다 더 큰 기회들을 놓쳐 왔다.

내가 오늘 하루를 초월하고 더 이상 아무것도 잃지 않게 하라.

진정한 질문

마치 밤낮으로 삶의 바다로부터 바닷가로 올라오는 것이라고는 그것들이
전부인 것처럼 우리들은 아직도 여전히 바다의 조가비들을 살펴보느라고 바쁘다.
— 칼릴 지브란

우리는 인생이 대단원의 막을 내릴 거라 생각한다.

그 누구도 그 외의 것을 가지지 못하지만, 이제 우리는 의지에 대해 생각한다.

우리는 일상적인 노력과 분투가 뭔가를 이끈다고 여긴다.

그것들은 우리가 화려하고 중요한 연단으로 올라가는 밧줄의 형태로 언젠가 꼬일 한 오라기의 실이다.

"내가 오늘 무엇을 성취했지?"

우리는 자문한다.

"내가 내 목표를 향해 어떤 단계를 밟았지?"

하지만 진정한 질문은 다음과 같다.

"내가 점진적으로 행하고 있는 게 무엇인가"

"내가 심판을 유보했는가."

"내가 공격을 사절했는가."

무시할 의무

삶을 속여 넘기기 위해 그늘에서 살아보려고 요령을 피우는 나무는
그것을 옮겨 양지에다 다시 심으면 시들어버린다.
– 칼릴 지브란

나는 밤에 꿈을 꾸면서 뭔가 작은 것을 성취하려고 애쓴다.

하지만 아침에 눈뜨고 그 시도가 무의미함을 본다.

내게 사람과 문제를 무시해야 할 의무가 있을까?

꿈속에서 내가 사람과 문제를 무시한다면 나는 여전히 꿈에 반
응하는 것이다.

부주의한 접근

행복한 사람은 어떤 환경 속에 있는 사람이 아니다.
오히려 어떤 특정한 마음 자세를 갖고 살아가는 사람이다.
– 휴 다운스

비록 우리 앞에 있는 분리의 증거가 환상이라 해도 우리는 모든 사람을 공경하고, 모든 임무에 성심과 애정을 다해야 한다.

일상에 부주의하게 접근할 때 우리는 신을 버리고 우리 자신을 버린다.

헛된 일

오늘 하루를 헛되이 보냈다면 그것은 커다란 손실이다.
하루를 유익하게 보낸 사람은 하루의 보물을 파낸 것이다.
하루를 헛되이 보냄으로써 내 몸을 헛되이 소모하고 있음을 기억해야 한다.

― 아미엘

계획과 명령은 무관심과 혼란보다 덜 영적이지 않다.

시간을 허비하는 것, 돈과 우정을 낭비하는 것은 신선함의 경험을 가져오지 않는다.

중단하지 말아야 할 것

세상에 있으면서 세상을 벗어나라. 욕망을 따르는 것도 괴로움이요,
욕망을 끊는 것도 괴로움이라. 우리는 스스로 닦는 길을 따를 것이니라.
— 석가모니

삶을 단순화시키고 가볍게 여행하되 칫솔질을 중단하지 마라.

세상의 문제는 대개 영구적 해결책이 없고, 영적인 길이 무엇인지 증명하지 못한다.

그러므로 당신은 계산서를 지불하고 몸치장을 하라.

마음은 완전하게 할 수 있지만 육체와 세상은 그렇지 못하다.

당신의 권리

도둑질로 잘사는 사람도 있으나, 잘사는 사람이라고 모두
도둑질한 것은 아니다. 또한 청렴해서 가난하게 사는 사람도 있으나,
가난한 사람이 다 청렴한 것은 아니다
— 《회남자》 중에서

구두쇠 노릇을 하고 슬쩍 속이는 짓이 어떻게 규칙적인 일상 업
무보다 고적함에 깃드는 걸 유도할까?

명심하라, 영적인 길을 위한 세속적 보수는 없다.

거기에는 돈이 포함된다.

신에게 의지한다며 일을 내동댕이치지 마라.

당신은 마법으로 보호된 삶을 누릴 영적인 권리가 없다.

당신은 영적인 삶을 위한 영적인 권리가 있다.

돈에게 부여한 힘

재산이 많은 사람이 그 재산을 자랑하더라도 그 돈을 어떻게 쓰는지
알 수 있을 때까지는 그를 칭찬하지 마라.
‒ 소크라테스

분명히 신은 돈을 만들지 않는다.

그것은 웃긴 얼굴이 찍힌 종잇조각일 뿐이다.

하지만 우리가 하나의 상징으로 돈에게 부여한 힘을 과소평가
해선 안 된다.

우리는 그것이 자유, 지위, 지성, 자부심, 업적을 대변한다고
여긴다.

그것은 섹스보다 결혼 생활에 더 지대한 헌신의 상징이다.

매우 돈이 많으면 약간 제정신이 나간 것이 명예스럽다고 여겨
진다.

그리고 거대한 부를 축적한 사람은 국가의 문제를 해결할 수 있
는 방법을 안다고 생각되어진다.

비록 그것이 공허한 상징이라 해도 우리는 배우자와 자식과 친구와 더불어 우리가 돈에게 부여한 의미를 인식하고 그것을 신의 기쁨과 공경 속에서 사랑스럽게, 현명하게 써라.

당신의 줄거리

재물은 생활을 위한 방편일 뿐 그 자체가 목적이 될 수는 없다.

— 칸트

무한은 유한 속에서 형태를 취하지 않는다.

일시적인 건 영원한 것을 반영할 수 없다.

돈은 영적인 과정 속에서 무의미하다.

돈 없이 사는 이가 성인도, 돈을 가진 것이 사람을 반영하지도 않는다.

부유함, 가난함 또는 그 양쪽을 왕래하는 걸 잊어라.

그건 당신의 줄거리가 아니다.

당신은 영원하고 사랑받는 존재다.

항상 그래 왔다.

나의 믿음

가장 중요한 것은 당신의 모든 일이 진실이라고 믿는 데 있다. 당신이 그것을 믿는다면 당신도 그렇게 될 것이다. 경험보다는 믿음이 진리를 더 빨리 파악한다.

— 칼릴 지브란

나는 진실을 이용할 수 없지만 내가 진실이 될 수 있다.

진실을 이용하려고 들 때 나는 내 자신을 진실로부터 분리된 객체로 여긴다.

내가 있는 그대로의 나를 믿는 것이 세상에 대한 내 선물을 제한하거나 훼방하지 않을 것이다.

초점 맞추기

진실한 마음으로 무엇을 계획하고 그 일을 실행에 옮기는 것은
가장 즐거운 생활이다. 당신은 오늘의 계획을, 또 내일의 설계를 생각해야 한다.
그리고 성실한 마음으로 그 계획을 실행에 옮겨야 한다.

— 스탕달

걷기 위해 발을 뗄 때 어떤 계획이 있다.

말하려고 입을 벌릴 때 어떤 계획이 있다.

먹으려고 할 때 어떤 계획이 있다.

현재에 사는 건 신에게 초점이 맞춰져 있지만 미래를 도외시하고 현재를 살 수는 없다.

세상은 과거와 미래를 제하면 그 무엇도 아니다.

유언장 쓰기, 비타민 먹기, 보험 가입하기가 초점을 맞추기 쉽다면 그렇게 하라.

내 안으로 들어가기

당신이 외부의 어떤 것 때문에 고통을 받고 있다면 그 고통은 그것에서
비롯되는 것이 아니라 그것에 대한 당신의 생각 때문이다.
그러므로 당신은 언제라도 그것을 없앨 수 있다
— 마르쿠스 아우렐리우스

얼마나 하찮든 간에 일상의 문제는 우리에게서 고적함을 훔쳐
가기에 충분하다.

기다리지 말고 분주함의 중심 속에서 고적함을 기억하라.

그러고 나서 고적함으로 문제를 헤쳐 나가라.

그러고 결과를 위해 오로지 고적함만을 열망하라.

고적함은 내 품에 안긴 갓난아기이다.

세상의 그 무엇도 나에게 그것을 버리라고 유혹할 수 없다.

고적함은 신의 손길이지, 육체적인 흥분의 부재가 아니다.

고적함은 신의 목소리에 담긴 평화지, 정신 사나운 소음의 부재
가 아니다.

고적함은 신의 미소의 광채지, 산란한 풍경의 부재가 아니다.

살아 있는 망각

많은 사람은 바다처럼 이야기를 하지만 그들의 삶은 늪처럼 정체되어 있다.
또 어떤 사람은 산꼭대기 위로 머리를 치켜들면서도 그들의 영혼은 캄캄한
동굴의 벽에 달라붙어 있다.

– 칼릴 지브란

나는 거듭 과거를 돌아보며 만지고 수정한다.

최소한 통제력을 열망한다.

마찬가지로 앞으로 닥칠 대화와 사건을 연습한다.

하지만 결코 제대로 된 어휘나 영상을 끌어낼 수 없다.

꿈에서도 같은 결과를 얻는다.

만지작만지작, 호들갑을 떨지만 제대로 되지 않는다.

세상이 제대로 돌아가지 않음을 잊는다.

심지어 환상에서도.

비겁한 질문

진실을 구해 인간은 두 걸음 앞으로 나서서 한 걸음 물러선다.
고뇌와 과실과 생에 대한 권태가 그들을 뒤로 던져버리지만, 진실에의 열망과
불굴의 의지는 앞으로 몰아세운다.

— 안톤 체호프

나는 영적인 노력을 피하고자 영적인 질문을 이용한다.

공포와 혼란은 나의 자아에서 솟는다, 진실이 아니라.

비록 내 질문이 당시에는 성실해 보여도 그것들은 좀처럼 진실을 포용하려는 어떤 충동도 반영하지 않는다.

꿈, 심지어 꿈꾸는 과정마저 이해될 수 없기에 꿈꾸는 자는 반드시 깨어나야 한다.

나의 영적인 질문이 영적인 노력을 중단시킨다면 나는 반드시 내게 답할 수 있는 유일한 방법, 즉 내 생각을 진실로 되돌리는 방법으로 향해야 한다.

존재하지 않는 시간

**사람이 행복해지기 위해서 요구되는 단 한 가지는 과거의 다른 순간들과
현재를 비교하는 것을 그만두는 것이다. 과거에, 나는 미래의 순간들과 그것을
비교하고 있었기에 종종 흡족하게 즐거움을 느끼지 못했다.**

― 앙드레 지드

비록 과거가 흘러가고 미래가 아직 일어나지 않았다 해도 나는 현재 속에서 그 두 가지를 오용한다.

내가 과거를 처리하는 으뜸가는 방법은 방어적으로 생각하거나 죄책감을 느끼는 것이다.

내가 미래를 다루는 방법은 공포를 느끼거나 미래를 열망하는 것이다. 그런 식으로 나는 존재하지 않는 것을 현재 속으로 불러들인다.

유일하게 배워야 할 것

인생은 탐구하면서 살아가는 것이 아니라, 살아가면서 탐구하는 것이다.
실수는 되풀이된다. 그것이 인생이다.

— 양귀자 《모순》 중에서

나의 자아는 순환적인 생활을 통해 세상에 몰두해 있다.

나는 실수하고 그 속에서 허우적대고 그곳에서 배회한 내 새로운 실수에 죄책감을 느끼고 또다시 새롭게 허우적거린다.

"봤지."

자아가 속삭인다.

"넌 영적인 걸 결코 배우지 못할 거야."

하지만 유일하게 배워야 할 것은 자아가 제 꼬리를 물려고 빙글빙글 도는 개라는 것.

당신 안에 있다

우리 모두는 시궁창 속에 있다. 하지만 그 가운데 몇몇은 별을 바라본다.
— 오스카 와일드

왕국이 당신 안에 있기에 눈이 닿는 세상이 온통 아름다움과 평화다.

꽃과 눈雪, 갓 돋은 날개의 부드러운 펄럭임, 부모의 다정한 키스 그리고 모든 것이 당신의 마음속에 안전하게 남아 있다.

그 어떤 것도 당신에게 유리되지 않았다.

한 그루의 약속의 묘목도 지상에서 당신의 걸음으로 짓밟히지 않았다.

둘

운명과
선택

고적함 속에서 나는 평화로운 마음, 내 통합된 자아를 경험한다.
분명히 고적함은 분열된 자아와의 싸움에서 얻어질 수 없다.
그래서 나 자신을 심판하는 것은
내 이웃을 심판하는 것만큼 엄청난 실수다.

어떤 징후

평탄한 길에서도 넘어질 때가 있다. 인간의 운명도 그런 것이다.
신 이 외에 아무도 진실을 알 수 없다.
- 안톤 체호프

우주나 신성한 지침에는 정해진 계획이 있고 내가 그것을 따를
수 있다면 모든 게 좋아지리라 생각한다. 그런데 문제는 그것이
어떤 징후로 나타난다는 것이다. 나는 아마 어쩌다 그것을 알게
될 것이다.

누구도 이런 말을 듣지 못한다.

"저기서 왼쪽으로 돌면 버려진 종잇조각 아래 당첨된 복권이
있다."

기도

아무 데도 갈 데가 없어 막연할 때 나는 여러 번 무릎을 꿇게 된다.
나의 지혜와 주위 모든 것이 감당하기에 너무 벅찰 때, 나는 기도에 의지한다.
— 링컨

기도할 때, 육체를 갉아먹고 영혼을 따라 잠수하는 일체의 생각을 거둬라.

욕망의 원인이 되는 공포를 거둬라.

미래의 복병이 되는 근심을 거둬라.

과거를 해롭게 하는 실수를 거둬라.

기도할 때, 당신이 어디에 있고 무엇을 하고 있는지 생각을 거둬라.

선택된 길을 걷기 위해 노력하려는 생각을 거둬라.

심지어 모래에 마지막 몇 발자국을 남기고 싶은 희망마저 거둬라.

그다음 당신의 발밑으로부터 당신이 여전히 서 있는 작은 땅을 버려라.

그리고 추락하라.

신의 손안으로 떨어지는 깃털처럼.

그곳에서 아주 가볍게 너무너무 가벼워서 당신이 그것에 대해 생각할 때 당신의 끝이 어디이고 신의 시작이 어디인지 더 이상 느낄 수 없으리라.

영적인 존재

모든 사람에게 있어서 가장 필요하고 중요한 연구 대상,
그것은 그 자신이다. 말하자면 그의 영적 존재인 것이다.
— 톨스토이

예수의 일생은 썩 좋지 않았다. 그는 잠재적인 수익에 도달하지 못했다. 동료들에게 존경받지 못했다. 친구들은 그에게 충성스럽지 않았다. 그는 오래 살지 못했다. 영혼의 짝도 만나지 못했다. 어머니에게도 이해받지 못했다.

그럼에도 불구하고 나는 그 모든 것을 누릴 가치가 있다고 생각하는 이유는…… 난 아주 영적이니까.

색종이 세례

세상 경험이 부족한 이들이 가장 쉽게 저지르는 실수 중 하나는
하나를 아는데도 셋을 안다고 착각하는 것이다.

– 라퐁텐

색종이 세례를 받으며 행진하고 있다.

그게 일어나고 있는 일의 전부다.

색종이 조각에는 각각 '못 말리는 바보', '만성 종양', '대머리 아님', '복합 경화증', '가운뎃손가락 절단'이라고 적혀 있다.

이웃의 어깨에 떨어진 그 조각으로 그들을 심판하지 마라.

당신 어깨에 떨어진 그 조각으로 저주를 받았다거나 '축복을 받았다'고 생각하지 마라.

두려운 일

이 지상의 생활에는 절대적 행복이란 있을 수 없다. 행복은 우리에게는 없다.
드물게조차 없다. 우리는 다만 행복을 바랄 뿐이다.

– 안톤 체호프

사실 오늘날에는 아무것도 제대로 돌아가지 않는다.

그리고 만일 제대로 돌아간다면 그건 당신을 두렵게만 만들 것
이다.

기적이 있을까

세상에는 경이와 기적이 가득하다.
그러나 사람은 그의 작은 손으로 눈을 가리기 때문에 아무것도 볼 수 없다.
— 바알 셈 토브

기적이 있을까? 물론 있다! 하지만 그것의 효과에 주목하자.

기적은 우리에게 개별적이고 특별하다는 느낌보다 모든 것과의 일체감을 더 많이 준다. 신이 당신과 당신 자식의 병을 고쳐줄 거라는 믿음, 길 잃은 애완동물의 귀에 집으로 가는 방향을 속삭이지 않고 다른 이의 보살핌에 맡기리란 생각은 잘못이다.

기적이 이끄는 길

우리가 할 수 있는 최선을 다할 때 우리의 삶에,
아니 타인의 삶에 어떤 기적이 일어나는지 아무도 모를 것이다!

― 헬렌 켈러

기적이란 내가 밥상머리에서 이러쿵저러쿵 말할 수 있는 초연한 사건이 아니다.

기적은 오로지 내 길만 순탄하게 만들어주지 않는다.

기적은 나를 내 안의 고적함과 아름다움이 숨 쉬는 장소로 이끈다. 그리고 모든 이의 길을 순탄하게 해준다.

심란한 꿈의 산물

범부는 누구나 감각의 대상이 되는 것을 좋아해 이에 집착함으로써
태어남, 늙음, 근심, 슬픔, 고통, 번민에서 벗어나지 못한다. 반면 성스러운
수도자는 감각의 대상을 좋아하지 않고 집착하지 않음으로써 위의 여섯 가지
번뇌에서 벗어나 편안해진다. 그러므로 열반은 곧 소멸이다.

— 《밀린다왕문경》 중에서

만일 저녁으로 부시워커 핫소스를 먹었다면 여섯 시간 후에 내
가 꾸는 꿈은 아무리 바꾸려 노력해 봤자 악몽일 것이다. 그건 핫
소스일 뿐이다.

심란한 꿈은 마음 산란한 몽상가의 산물.

완전히 눈을 뜨지 못한 모든 이들이 조금 더 많이, 혹은 더 적게
산란해한다.

그 때문에 내 모든 질문에 대한 답은 한 가지다.

"눈을 떠라."

부정적 의미

신의 책상 위에는 이런 글이 씌어 있습니다.
"네가 만일 불행하다고 말하며 다닌다면 불행이 정말 어떤 것인지 보여주겠다.
또한 네가 만일 행복하다고 말하며 다닌다면 행복이 정말 어떤 것인지 보여주겠다."

– 버니 S. 시겔,《내 마음에도 운동이 필요해》 중에서

"왜 그런 일이 일어났을까? 그 의미가 뭘까?"

어떤 사건을 되돌아보고 이렇게 자문할 때 나는 거의 항상 이미 부정적으로 분류해놓은 뭔가를 생각하고 있다.

나는 용서했거나 신에게 맡겼던 때를 분석하지 않는다.

그렇지 않으면 그 사건의 유리한 호전에 대해 분석한다.

그게 어떤 의미일까

나는 인생을 밖에서 보는 사람들의 명쾌한 논증보다는 생활 속에서
관망하는 사람의 공상, 더 나아가 그들의 편견까지도 존중한다.

– 체스터턴

민음이 없는 사람들, 친구와 사업상 거래를 할 때 '적극적인 조
치를 취하는' 사람들, 스포츠 경쟁에서 여하한 대가를 치러서라도
승리하는 사람들, 또는 시종일관 쥐꼬리만 한 팁을 남기는 사람들
은 대개 '그게 어떤 의미일까' 하고 자문할 마음도 먹지 않는다.

그럴 운명

인간에게는 제각기 다른 운명이 있다고 할지라도 인간을 초월한 운명은 없다.

- 카뮈

경기의 패자나 궁극적으로 죽음에 대해 우리는 말한다,

"그럴 운명이었다."

하지만 이 설명이 우리 멋대로 적용되고 있다.

우리는 운동선수가 패배한 이유가 팬들의 공격을 받았기 때문이거나 한 어린아이가 폭발 사고로 숨졌을 때는 그렇게 말하지 않는다.

선택과 통제

인생에서 최악의 죄는 무엇이 옳은지 알면서도 행하지 않는 것이다.

ㅡ 마틴 루터 킹

　우리는 아주 작은 사건조차 통제할 수 없다.

　그러면서도 우리가 무엇을 경험할지 선택한다.

　우리는 사랑의 평온함과 평화에 대해 각성할 것인가 아니면 지속적인 분석과 반복적인 재해석의 혼란을 애매하게 알 것인가를 선택한다.

비극의 힘

인생은 가까이서 보면 비극이지만 멀리서 보면 희극이다.

– 찰리 채플린

　오늘날에는 우리가 부정적인 경험과 관계를 '유인'한다고 생각한다.

　그럼에도 불구하고 누가, 어떤 것이 전적으로 부정적인지에 대해 합의된 목록은 없다.

　심지어 가장 참담한 비극이 때때로 새로운 이해와 힘을 가져올 수 있다.

이제 나는

우리는 평등한 삶을 사는 게 아니라 차이투성이의 짜깁기
인생을 살 뿐이다. 아까는 좀 즐겁다가 지금은 슬프고, 아까는 죄를 짓고서
지금은 관대하고 용감한 행동을 취한다.
— 에머슨

어떤 식으로 세상이 나를 한 방 먹였는가?

이건 다른 사람이 어떻게 당했는지와는 다른 문제다.

또한 내 자신의 해석도 불안정하다.

이제 나는 과거의 많은 '패배'를 흘러간 진보로, 수많은 '승리'를
영적인 실패로 본다.

내가 충분히 현명해서 '좀 더 낫게' 바꿀 수 있는 인생의 어떤 면
이 거의 없다.

수천 개의 목소리

**세속적인 것들을 필요 이상으로 사랑하면
그의 마음은 하나님을 향한 참된 사랑에서 멀어진다.**
– 켐피스

신은 우리에게 수천 개의 목소리로 이야기하지만 그 안에 담긴
메시지는 모두 같다.

"나는 너를 사랑한다. 제발 내가 너를 사랑한다는 것을 믿어라."

사랑 밖 사람들

세상에는 빵 한 조각 때문에 죽어가는 사람도 많지만
작은 사랑도 받지 못해 죽어가는 사람은 더 많다.

— 테레사

사랑을 알려면 사랑으로 생각하고 행동해야 한다.

세상은 잔인하게 반응하고 거의 모든 데 광기를 보인다.

아이, 희생자, 힘없는 이들의 욕구에 대한 우려를 찾아보기 어렵다.

그들을 사랑 밖에 남겨둔다면 우리는 신을 경험하지 못할 것이다.

봉사든 기도든 기부든 상관없이 우리는 모든 이를 친형제자매처럼 대해야 한다.

물음의 답

네 믿음은 네 생각이 된다. 네 생각은 네 말이 된다. 네 말은 네 행동이 된다. 네 행동은 네 습관이 된다. 네 습관은 네 가치가 된다. 네 가치는 네 운명이 된다.

— 간디

여기 나는 A 지점에서 B로, 그곳에서 다시 C로 가고 있다.
짙은 안개 속에서 나는 신에게 묻는다.

"어떻게 하면 D라는 지점으로 갈 수 있을까요?"

신이 다정하게 대답한다.

"내 손을 잡아라. 너를 안개 밖으로 이끌리라."

그러면 나는 고집스럽게 앙탈을 부린다.

"그건 제가 원한 답이 아니에요!"

우리는 신에게 어떤 사과를 사야 하느냐고 질문하며 신성한 사랑이 다른 이에게 썩은 사과를 남겨놓으리라고 생각한다. 심지어 신이 비행기 추락 사고에서 한두 명만 살리고 나머지 사람을 불에 타서 죽게 한다고 생각한다.

사실상 우리는 우리의 육신에 가해지는 은혜가 신의 우아함의 신호라고 생각한다.

신은 어디에 가면 신발을 싸게 살 수 있는지 어떤 주식을 사면 돈벼락을 맞을 수 있는지 말하지 않는다.

아예 그런 충고조차 구하지 마라. 만일 당신이 어떤 신호를 사려고 든다면 당신은 상위 자아의 말을 듣게 될 것이다.

신의 목소리가 아니라.

진정으로 신이 내 질문을 모른다고 생각하는가.

그 대답은 내가 질문하기 전부터 내 마음속에 있다.

부드러운 이끌림

직관과 통찰이 이끄는 대로 따라가라.
당신 안에는 탐구할 수 있는 무수히 많은 새로운 길이 있다.
– 셰퍼드 코미나스

할머니는 내가 한 발로 깡충거리는 모습을 볼 때마다 "네 작은
고추를 따라 화장실로 가려무나." 하고 말했다.

할머니가 옳았다.

따라가라, 당신의 '평화로운 우선권', 단순함을 향한 깊은 이끌
림을.

무엇을 원하는지 잊어라.

마음을 고적함 속에 담아라.

평화로운 우선권, 어떤 방향으로의 부드러운 이끌림을 알아차
려라.

평화로운 우선권

신은 '사랑'과 '자유'의 광활한 하늘을 날아가도록 그대의 영혼에 날개를
달아주었다. 그대 자신의 손으로 그 날개를 잘라내고 영혼이 버러지처럼 땅 위로
기어가는 괴로움을 겪는다는 것은 얼마나 가련한 일이겠는가.
– 칼릴 지브란

나는 항상 평화로운 우선권을 가졌다. 하지만 충분히 평온해야
만 그것을 알 수 있다.

나의 평화로운 우선권을 따르는 것이 내 자아, 혹은 '옹졸한 마
음'이 좋아할 결과를 보장하진 않는다. 하지만 그것은 나를 평화
의 근원으로 이끌고 평가와 해석에서 자유롭게 한다.

내 옹졸한 마음은 무엇을 해야 할지 갈등을 겪는다. 심지어 평
화 속에서 결정을 내린 후에도 내 옹졸한 마음은 여전히 그 결과
에 대해 갈등한다.

내가 누군가의 요청을 받아들인 이유가 지금 내가 내 자아와 싸
우고 있기 때문이거나 혹은 그 요청을 받아들이지 않은 이유가 내
가 자아에게 졌기 때문이든 아니든 여전히 나는 내 진정한 마음,
내 진정한 감정, 내 진정한 주체와 연결되지 못한 채다.

옹졸한 마음이 항상 제일 먼저 말한다. 가령 아내가 뭔가를 해 달라고 부탁하면 나는 즉각적으로 반감을 느낀다. 그 일 자체는 괘념치 않지만 요청받는 것을 좋아하지 않는다.

이제 그런 반발감과 싸우지 마라.

잠깐 기다렸다가 더 깊은 감정에 초점을 맞춰라.

깊은 자아의 고동이 고적함 속에서 일어난다.

안달쟁이 자아

나는 존재한다. 그러나 나는 그 존재의 이유를 발견하고 싶은 것이다.
왜 내가 살고 있는지를 알고 싶은 것이다.
— 앙드레 지드

자아는 안달쟁이다. 도무지 평화라는 것을 모른다.

나의 자아가 말할 때는 내가 다급함이나 옳고 그름이나 흥분을 느끼는 중이다. 자아는 말한다.

"더 늦기 전에 그걸 해."

"행복보다 옳은 일을 하는 것이 더 중요해."

나는 너를 사랑한다.
제발 내가 너를 사랑한다는 것을 믿어라.

의미 있는 선택

선택에 의문을 갖는 것보다 더 나은 대안은 그 선택을 가지고
어떻게 살지 묻는 것이다.
– 게리 토마스

옹졸한 마음은 선택이 행동의 양 갈래에 있다고 생각한다.

초콜릿을 먹자, 먹지 말자. 무해한 거짓말을 하자, 하지 말자.

하지만 영적으로 의미 있는 유일한 선택은 평화에서 비롯된 행동과 갈등에서 비롯된 행동 사이에 있다.

소리의 메아리

자아는 과거에서 들려오는 소리의 메아리다.

그것은 우리가 형성되어온 과정에서 습득한 주요한 영향력과 경험으로 이루어졌다.

그 '교훈들'이 하나로 뭉쳐서 우리의 진정하거나 평화로운 실체를 대변하지 못한 정체성에 대한 생각을 우리에게 갖게 한다.

자아는 그런 주요한 소리 때문에 깊은 갈등을 벌인다.

통합된 자아

인간의 행복의 원리는 간단하다. 불만에 자기가 속지 않으면 된다.
어떤 불만으로 해서 자기를 학대하지 않으면 인생은 즐거운 것이다.
— 러셀

고적함 속에서 나는 평화로운 마음, 내 통합된 자아를 경험한다.

분명히 고적함은 분열된 자아와의 싸움에서 얻어질 수 없다.

그래서 나 자신을 심판하는 것은 내 이웃을 심판하는 것만큼 엄청난 실수다.

상상된 정체성

이 세상의 유일한 악마는 우리 마음에서 날뛰고 있기에
모든 전투는 마음속에서 이루어져야 한다.
– 간디

당신이 당신 자신이라고 생각하는 정체성은 존재하지 않는다.

우리의 자아나 상상되어진 정체성은 아이들의 상상 속 친구와 매우 흡사하다.

개별적이고 자주적인 마음으로 만들어진 그것은 곧잘 스스로를 방어한다.

"새로운 동네 친구와 말하지 마."

상상 속의 친구가 그렇게 말한다.

왜냐하면 진짜 우정이 상상의 존재를 와해시키리란 것을 알고 있으니까.

그와 마찬가지로 자아는 충고한다.

"당신의 진정한 감정과 상의하지 마."

왜냐하면 진실이 당신의 자아를 와해시키니까.

그러나 명심하라.

무엇이 진실인지에 대한 자문이 자아에 대한 비난은 아니다.

아이들이 상상 속의 친구와 다툴 때 그것은 그들의 마음속에 더욱 강하게 자리를 잡는다. 하지만 아이들은 진짜 친구들에게 관심을 가지기 시작하면 자연스레 상상 속 친구에 대한 흥미를 잃는다.

그런 식으로 자각은 우리에게 진정한 자신에 대한 관심을 일으킨다.

영혼과 육신 사이

삶은 호흡하는 것이 아니라 행위를 하는 것이다.
— 장 자크 루소

　내 마음은 내적인 분투와 눈앞에서 상영되는 인생의 영화를 왕복한다.

　매번 신을 향할 때 나는 내 인생에 진전이 있었는지 돌아본다.

　영적인 삶을 확인하려고 육신의 삶을 보다니 미친 짓이다.

　이러는 이유는 사람은 행동해야 하고 환경이 구체화되어야 한다고 여겨서다.

　그리고 사실 나는 신의 존재보다 그것에 더 관심이 있다.

선택과 결정

순간의 결정이 새로운 운명을 창조한다.
우리가 진정 결단을 내린 순간, 그때부터 하늘도 움직이기 시작한다.
—앤서니 라빈스

사랑과 평화로 가득한 마음으로 결정을 내렸다면, 그런 관점에서 모든 최선을 다했다면, 하지만 지금 "이랬으면 어땠을까?" 추측하고 재고하는 중이라면 나는 성스러운 작용에 대해 의문을 제기하고 있는 것이다.

그러지 마라.

재고하지 마라.

그저 평화 속에서 계속 걸어가라.

혼자가 아니다

구하라, 그리하면 너희에게 주실 것이요. 찾으라, 그리하면 찾아낼 것이요.
문을 두드리라, 그리하면 너희에게 열릴 것이니.
– 마태복음 7장 7절

내가 행하는 모든 일 속에서 나를 무해하도록 하라.
내가 행하는 모든 일 속에서 나를 신의 손에 맡겨라.
나는 혼자가 아니다, 심지어 내 자신의 실수를 처리할 때조차.

셋

현재의
행복

미래와 과거에 대한 환상으로부터 해방되어라.
그리고 당신의 마음을 현재로 되돌려라.
하지만 그 일을 부드럽게 하라. 부드러움이 현재다.
지금 당신이 하는 일에 전념하고 이 순간에 머물러라.

순수를 알다

모든 사람은 다른 사람을 통해 자신을 볼 수 있다.
– 오쇼 라즈니쉬

우리가 다른 이의 순수를 받아들이기 위해 지불해야 할 유일한
대가는 우리가 우리 자신의 순수를 받아들이게 되리라는 것이다.

한 묶음의 마음

비관주의는 기분에 속하고, 낙관주의는 의지에 속한다.
그리고 모든 행복은 의지와 자제로 되어 있다.
– 알랭

　　누군가를 일로써 심판할 수 없고 단지 일을 남겨뒀다고 심판을 뒤로 미룰 수 없다.

　　우리는 연이어 자식들에게 화내지 않고 배우자에게만 화난 채 있을 수 없다.

　　만일 두려움의 눈으로 뭔가를 바라본다면 걱정과 근심의 기미가 모든 데 내려앉는다.

　　심판, 분노, 공포는 한 묶음의 마음 상태다.

　　하지만 사랑 또한 완벽한 한 묶음이다.

하늘의 속삭임

살면서 우리가 하는 걱정과 근심의 40%는 절대 일어나지 않을 일,
30%는 이미 지나간 과거의 일, 22%는 일어나봤자 별 영향이 없는 사소한 일,
4%는 천재지변 등 어쩔 수 없는 것이므로 우리가 실제로 걱정하며
해결해야 할 일은 4%에 불과하다.
— 어니 J. 젤린스키, 《모르고 사는 즐거움》 중에서

숙고함으로써 근심을 심화시키지 마라.

맹목적인 직관을 받아들이기를 기대하지 마라.

기적적인 변화를 구하지 마라.

그저 차분하게 앉아서 하늘의 속삭임을 들어라.

그리고 당신이 일어설 때 당신의 귀에서 그 소리가 메아리치게
하라.

세상 속에서

쉴 새 없이 보다 나은 사람이 되기 위해 노력하자.
여기에 인생의 참된 의미가 포함되어 있다. 어떻게 계속해서 앞으로만
나아갈 것인가. 그것은 오직 노력에 의해서 가능하다. 노력 없이는 결코 나은
사람이 될 수 없다. 신의 왕국은 노력의 의해 파악된다. 이것은 결국 악으로부터
벗어나 선인이 되기 위해 노력이 필요하다는 것을 의미한다.
— 톨스토이

내 자아는 내 영적인 길에 대해 모든 것이다.

거기에는 하나의 협의 사항이 있다.

즉, 세상 속에서 노력하라.

심지어 그 노력이 어떤 감정적인 고착보다 더 강하지 않다
해도.

묵상의 목적

느긋한 마음으로 혼돈을 즐겨라. 삶은 불안정하다. 이것은 삶이 자유롭다는 의미다.
삶이 안정적이라 함은 곧 그대가 그 속에 구속되어 있다는 의미다.
모든 것이 확실하다는 것은 거기에 자유가 없다는 의미다.
— 오쇼 라즈니쉬

나는 '고적함'을, 모든 것의 부재 혹은 영적인 무엇의 부재로 보곤 한다.

그러나 고적함은 옹졸한 마음과 같이 할 수 없다.

고적함은 이미 내 안에, 모든 이의 내면에 자리한 진실이기에.

묵상의 목적은, 모든 것이 빛남을 '고적함'으로 인식할 때까지 옹졸한 마음을 가라앉히고 또한 내 관심에서 빗겨나게 하는 것이어야 한다.

무의미한 현재

지금의 나를 과거의 나라고 독단하지 마라.
– 셰익스피어

마음속에서 나는 내 인생에서 손해를 봤던 때와 실속을 챙겼던 때를 계속 왕래하고, 다시 돌아간다.

나는 어떤 사건이 실속이 있었는지 어떤 사건이 상처를 줬는지 결정할 수 없다.

하지만 내 혼란 속에서 그것들은 모두 똑같고 그 때문에 과거가 나를 차지하고 있는 한 신의 현재는 무의미하다.

내가 숨 쉬는 곳

나는 기도의 영 속에서 살고 있다. 걸을 때, 누울 때, 일어날 때, 운전할 때
언제나 나는 기도한다. 그리고 언제나 응답이 내게 온다.
– 조지 뮬러

기도가 삶의 실천으로 변형되고 있지만 만일 그것이 평범한 일
상과 동떨어진 것이라면 기도의 효력이 없다.

신성한 마음이란 공유된 마음이다.

신성한 가슴은 공유된 가슴이다.

삶과 빛과 기쁨 역시 영원히 공유된다.

기도는 단순히 우리가 누구이고, 어디에 있는지 알게 한다.

기도는 그저 평화로운 확신 안에서 숨 쉬고 있다.

감정 보호막

감정을 통제하고 억제하려는 데 대한 인간의 무능력을 '예속'이라고 본다. 왜냐하면 감정에 지배받는 인간은 자기의 주체적 권리가 아니라 운명의 권리하에 놓이기 때문이다. 스스로 보다 좋은 것을 알면서도 보다 언짢은 것에 따르도록 종종 감정의 횡포에 끌려가는 정도로 운명의 힘에 좌우되기 때문이다.

― 스피노자

통계학적으로 소심한 운전자는 태평스런 운전자보다 사고율이 적다.

그럼에도 수많은 소심한 운전자가 사고를 당한다.

어떤 육체적인 감정도 당신을 보호할 수 없다.

심지어 고적함과 평화마저 어떤 특전을 줄 수 없다.

임시방편으로 호혜적인 두려움이 당신에게 그 어떤 제의를 한다 해도 그것은 모든 것을 대신할 가치가 없다.

자아의 반대

인간은 모든 생물 가운데 가장 감정적인 존재다.
– 리처드 래저러스

걱정, 추측, 신경질, 불안 등 안달하는 감정은 잘 짖는 개와 같다.

어쩌면 그 짖는 소리는 주의를 기울이라는 신호일 수 있다.

막 입을 떼려던 몰지각한 화제, 막 계약하려던 현명하지 못한 계약, 반드시 떠나야 하는 위협적인 환경 등.

하지만 그 소리는 대개 자아의 끊임없는 반대에 불과하다.

각성하고 자기의 직관을 찾으라는.

진실 집착증

**대체로 진실에는 두 가지 면이 있다. 따라서 우리들은 어느 한쪽에 치우치기 전,
먼저 그 양면을 잘 살펴보아야 한다.**
− 이솝

우리가 두려워하는 이유는 진실이 부재한 것처럼 보이기 때문이다.

가장 표피적인 방법을 제외하고 아무도 어떤 상황의 '현실'이 무엇인지, 혹은 거기에 어떤 의미와 중요성이 함축되어 있는지 동의할 수 없다.

어떤 유권자는 특정한 정치인에 대한 진실을 볼 수 있지만 또 다른 유권자에게는 그 반대가 진실이다.

어떤 도시나 국가에게 명백한 진실이 다른 도시와 국가에서는 전혀 진실이 아니다.

심지어 가족 사이에서도 가장 사소한 문제에 대한 진실이 무엇이고, 가장 중요한 점이 무엇인지를 놓고 깊은 불화가 야기될 수 있다.

텔레비전으로 방송된 운동경기 중에 팬과 해설자는 방금 무슨 일이 일어났는지를 놓고 일치하지 못할 뿐 아니라, 모든 카메라앵글이 각기 다른 '관점'을 보여준다.

그리고 재판 중에 한 명의 목격자는 다른 목격자와 상이한 뭔가를 봤노라고 신의 이름을 걸고 맹세한다.

이런 진실이 부재하는 듯한 현상이 전 세계를 진실 집착증으로 몰아가는데도 우리는 우리 자신이 한 말이나 다른 사람도 들은 말에 대해서 심란한 의문을 가진다.

과거가 이야기하는 것

'살아 있다'라는 것이 중요하지 '살아왔다'라는 것은 중요하지 않다.
− 에머슨

우리는 지나간 과거를 통해 삶을 이해한다고 생각한다.

하지만 우리의 기능은 삶을 이해하지 못한다.

아주 작은 결단을 놓고 매번 고민하지 마라.

과거는 당신에게 지금 해야 할 일에 대해 아무 말도 할 수 없다.

과거에 대한 후회에서 벗어나겠다고 절대 결심하지 마라.

그저 신의 손을 잡고 결심하라.

우리는 자긍심이 업적 가운데 있고, 업적이 과거 가운데 안전하게 있다고 생각한다.

우리는 과거를 천성의 창고로 격상시킨다.

하지만 과거는 그저 우리 영혼의 감옥일 뿐이다.

과거는 우리에게 우리가 어떤 존재인지 말할 수 없다.

과거가 할 수 있는 말은 단지 우리가 지금 이 순간에 있지 않다는 것이다.

내 안의 공포

위험에 대한 공포는 위험 그 자체보다 천배나 더 무겁다.
- 디포

'진실'이 우리가 걷는 땅이다.

그럼에도 불구하고 그것이 우리의 발밑에서 흔들리고 있다.

헤아릴 수 없이 많은 진실이 셀 수 없이 많은 공포를 이끌고 심지어 공포 자체의 본질과 가치가 대조적인 빛 속에서 보여지고 있다.

그런데 바로 그 옆에서 영화와 책은 철저하게 무모한 이상형을 제시한다.

주요한 인물은 종종 아무것도 두려워하지 않는다.

기름진 음식, 담배, 자연재해, 연쇄살인, 빗발치는 총알 등 그 모든 것이 그들에게는 일고의 가치가 없다.

그와 대조적으로 언론 매체는 수많은 새로운 공포에 관적으로 초점을 맞춘다.

어떤 연구원이 공포가 많은 사고와 질병의 원인이라고 발표하는 반면에 다른 전문가는 우리의 마음을 '준비시킴'으로써 공포가 사고나 수술의 고통스런 회복을 개선시킬 수 있다고 말한다.

그리고 오늘날 우리는 공포가 우리에게 위험을 피하게 하는 직감으로 작용할 수 있다는 말을 듣고 있다.

하지만 다른 목소리들은 공포는 '자기만족적'이고 우리가 두려워 하는 것을 일으킬 수 있다고 주장한다.

우리가 공포를 어떤 식으로 이용하든 상관없이 그것은 우리가 일관성 있게 고려할 수 있는 어떤 것도 제공하지 못한다.

아무것도 하지 않는 일

삶의 목적은 행복이며 행복은 마음의 평정 상태이다.

— 에픽테토스

그곳에는 가야 할 곳도, 해야 할 일도 없다.

이 오래된 진실을 듣고 자아는 생각한다.

'아, 그럼 나는 의자에 앉아 있어야겠구나.'

하지만 의자에 앉아 있는 것은 뭔가를 하고 있는 것이다.

갈가리 찢다

**사물을 생각하는 데는 이론이 필요하다. 그러나 기하학에서 풍경을
그릴 수 없듯 이론만으로는 사물을 생각할 수 없다.**
— 빅토르 위고

《수많은 기적 안에 있는 하나의 과정》의 저자 빌 테트포드는 거대한 영적인 치료 그룹을 운영하는 사람의 방문을 받았다.

그는 다른 그룹의 책임자와 어떤 특별한 단계의 의미를 놓고 이견을 벌였다며 빌에게 그 의미를 해석해주길 바랐다.

빌은 이렇게 말했다.

"책을 갈가리 찢어버려. 자네와 형제 사이에 어떤 것도 개입해선 안 돼."

육신의 축복

마음이 어지러워 즐거움만 찾으면 음욕을 보고 깨끗하다 생각하며
욕정은 날로 자라고 더하니 스스로 제 몸의 감옥을 만든다.
– 《법구경》 중에서

우리는 서로서로 우리의 마음이 육체에게 명령한다고 말하지만 그 반대의 경우가 다반사다.

온종일 우리는 모든 관심을 육신에 집중하고 마음을 그 하인으로 만든다.

"내 육체의 기분이 어떻지."

"내 육체가 최고의 상태인가."

"무슨 수를 써야 내 육체가 말을 잘 들을까."

"내 육체가 헝클어진 머리를 하고 있나."

"어떻게 해야 내 육체가 많은 돈을 가질 수 있을까."

당연히 우리는 신의 근심거리도 똑같다고 생각한다.

우리가 많이 명상하고 기도하는 만큼 사랑하는 사람이나 우리 자신의 육신이 '축복'받을 것이다.

조각 맞추기

현실은 단순히 환영에 불과하다. 다만 꾸준히 계속되는 환영.

— 아인슈타인

내 인생은 내가 부분적으로만 속한 논리적인 조각 맞추기인 듯하다.

그래서 나는 아직 맞추지 못한 조각을 이리저리 옮기는 데 시간을 허비한다.

만일 모든 조각을 꿰맞춘다면 내 인생은 순탄해질 것이다.

하지만 이제 딱 한두 조각 남았음에도 조각 맞추기 자체가 완전히 바뀌고 나는 처음부터 다시 시작해야 한다.

인생의 사다리

**언제나 나는 근사한 누군가가 되기를 바랐지만 문제는 그 바람이
좀 더 구체적이었어야 했다는 점이다.**
— 릴리 톰린

　내 인생을 되돌아보면 나는 한 번도 내가 말했던 지점, 즉 '모든
것이 내가 원한 그대로인' 지점에 도달해보지 못했다.

　그리고 그랬던 사람도 보지 못했다.

　단연코, 우리가 올라가고 있는 사다리는 끝이 없다.

　이러한 접근이 가질 수 있는 유일한 결론은 "찾아라, 하지만 절
대로 찾지 못하리라."이다.

비교가 가져다준 의미

우리를 망치는 것은 다른 사람들의 눈이다. 만약 나를 제외한 다른 사람이
모두 장님이라면 나는 굳이 고래등 같은 번쩍이는 가구도 원할 필요가 없을 것이다.
— 벤저민 프랭클린

충족 또는 '종결'이 어떤 비교를 통해 경험될 수 없는 이유는 비
교에는 종결의 단계가 없기 때문이다.

우리가 끝났다고 느낄 때도 거기에는 여전히 뭔가 미진한 부분
이 남아 있다.

키 큰 사람이 득실거리는 방 안에서 우리는 난쟁이가 된 기분을
맛본다.

젊은이들이 웅성거리는 방 안에서 우리는 늙은이의 기분을 맛
본다.

우리가 오늘 어떤 상장을 쥐고 있든 간에 비교는 내일 그것을
우리의 손에서 빼앗아간다.

우리는 세상을 차지하고 완성시키길 원한다.

하지만 그것은 불가능하다.

세상은 차이와 비교 없이 아무 의미도 없으니까.

차이와 비교 없이 어떤 주말이 '화창한' 날씨일 수 없고, 어떤 사업이 '이윤'이 있을 수 없고, 어떤 육체가 '건강'할 수 없고, 어떤 마음이 '현명'할 수 없고, 한 국가가 '부유'할 수 없다.

만일 모든 것이 등급으로 측정된다면, 그 모든 것 속에 어떻게 완벽이 존재할 수 있을까?

어떻게 미인의 등급은 있지만 추함의 등급이 없을 수 있나?

부유함의 등급은 있으면서 가난의 등급이 없을 수 있나?

사랑의 등급이 있으면서 증오의 등급이 없을 수 있나.

오로지 미래

사람은 미래에 대한 기대가 있어야만 살 수 있다.
— 빅터 프랭클

완벽한 변화는 오로지 미래에서만 발견될 수 있다.
그것은 미래 속에 영원히 남아 있도록 운명지어졌으니까.

지금 이 순간

아름다운 여행을 할 때면 시간을 셈하지 않고 순간을 누린다.
시간을 기억하는 것이 아니라 아름다움을 기억하는 것이다. 이것이 삶이다.
— 린데 폰 카이저링크

매 순간이 하나로 이어진 선.

한끝은 최근과 흘러간 과거로, 다른 한끝은 잠시 후와 아주 먼
미래로 이어지는 선.

그 위에 선 지금 순간만이 빛난다.

이 순간 영원불멸하다.

빛나는 완벽 속에서 진정 모든 것을 안는다.

신의 이름은 지금의 나다.

예전도, 훗날도 아니다.

하늘의 문은 활짝 열려 있다.

바로 성스러운 이 순간.

순간을 살아가기

시간이란 없다. 있는 것은 일순간뿐이다. 그리고 그곳, 즉 일순간에 우리의
전 생활이 있다. 그러므로 이 순간에 있어서 우리는 모든 힘을 발휘해야 한다.
— 톨스토이

육체가 현재 있기에 지금 자신이 살아 있는지 의심하는 사람은
아무도 없다.

그럼에도 불구하고 성인으로서 우리는 지금 하고 있는 일에서
정신적으로 너무 멀리 서 있어 마치 그림자 영상이 사건을 만들고
있는 꼴이다.

우리의 관심은 오로지 이런 종류의 행동을 하겠다고 내린 우리
의 결정이나 그 밖에 할 수 있는 듯한 일에 대한 우리의 판단에 집
중되어 있다.

심지어 뭔가를 좋아할 때 그것이 너무 빨리 끝나지 않을까 염려
한다.

대부분 접시에 놓인 음식을 골고루 충분히 혹은 너무 많이 먹지
않았나 하는 걱정에 사로잡혀 제대로 식사를 하지 못한다.

그와 대조적으로 아주 어린아이들은 전적으로 행위에 전념한다.

심지어 그들이 지금 하고 있는 일을 싫어할 때도.

그들은 사람을 분류하는 나름대로의 미숙한 생각으로 타인과 친구, 혹은 예전의 '적'과 상호작용한다.

그들은 끊임없이 지금 하고 있는 일과 이와 유사한 과거의 행동을 비교하지 않고, 그래서 이 일이 언제 끝날지 걱정하지 않는다.

심지어 아이들은 그만 가자고 부모의 팔을 잡아당길 때조차 전적으로 잡아당기는 행위에 전념한다.

현재라는 행복

나는 행복할 수 있는 진정한 비결을 발견했다. 그것은 현재에 사는 것이다.
언제나 과거를 후회할 게 아니라, 또 장래를 걱정할 게 아니라,
현재 이 순간에서 얻어낼 수 있을 만큼 얻어내는 것이다.
— 진 웹스터, 《키다리 아저씨》 중에서

미래와 과거에 대한 환상으로부터 해방되어라.

그리고 당신의 마음을 현재로 되돌려라.

하지만 그 일을 부드럽게 하라.

부드러움이 현재다.

지금 당신이 하는 일에 전념하고 이 순간에 머물러라.

하지만 행복하게 머물러라.

현재가 잠정적인 행복인 이유는 이 순간이 이미 신으로 채워졌기 때문이다.

지금에 반응하기

그날그날이 일생을 통해서 가장 좋은 날이라는 것을 마음속 깊이 새겨두어라.
– 에머슨

바로 이 순간이 지금이다.

내일 자정에 그때가 지금이다.

그리고 수천 년이 흐른 뒤의 정오가 여전히 지금일 것이다.

지금에 반응하는 것을 배우는 것, 그것이 배워야 할 전부다.

즐거움에 향하기

더는 희망 속에서 혹은 두려움 속에서 앞을 내다보지도 뒤를
돌아보지도 말아야지. 하지만 고맙게 좋은 일도 있으니, 더없이 행복한
지금 여기를 발견한 것이다.
— 휘티어

옹졸한 마음은 나름대로 현재에 대한 견해를 지니고 '현재 상황'에서 탈출하기 위해 또 다른 시간과 장소에 대한 환상을 이용한다.

심지어 단단히 고정된 상황에서도 옹졸한 마음은 미래에 의무를 부여할 계획을 세운다.

만일 다음 날 모든 사람이 평소와 똑같이 산다면 명예를 얻는 것에 어떤 중요함이 있을까?

그것이 도래할지도 모른다는 생각은 심지어 우리 최고의 순간에조차 그 의미를 준다.

그래서 옹졸한 마음, 모든 것을 그전에 일어났던 것과 그 후에 일어날 것을 연결시켜야 하는 옹졸한 마음은 결코 완전하게 채워

지지 않는다.

그럼에도 불구하고 우리 안에는 그 마음이 항상 영원히 존재한다.

우리의 관심을 현재로 되돌리고 지금의 임무에 전력을 쏟는 것이 유익할 수 있지만, 우리 자신을 현재에 열중시키려면 평화와 즐거움을 향해 눈을 떠야 한다.

그럼으로써 우리는 사랑스런 현재의 다정한 전망으로부터 보기 시작한다.

현실성 없는 현실

**얼마나 따분한가. 멈춰 서는 것, 끝내는 것, 닳지 않고 녹스는 것,
사용하지 않아 빛을 내지 못하는 것.**
- 테니슨

우리가 끊임없이 재검토하는 이 분리된 영상 뒤에는 지배적인 철학이 없다.

만일 현실이 일체성을 지니지 못하면 현실성 없는 현실이다.

현실이 되는 이야기

> 붙잡혀 노예가 되었을 때 나는 아무도 탐험하지 않은 세상의 여러 곳을
> 방황했다. 그러다가 나는 해방이 되어 평범한 시민으로서, 차례로 상인과,
> 학자와, 성직자와, 왕과 폭군 노릇을 했다. 왕위에서 쫓겨난 다음에 나는 폭동
> 선동가와, 불량배와, 사기꾼과, 무전취식자 과정을 거쳤고, 그리고는 아무도
> 탐험하지 않은 내 영혼이라는 영토에서 길을 잃은 노예가 되었다.
> – 칼릴 지브란

우리의 문화는 우리 모두가 거치는 짧은 청춘기에 바짝 집중되
어, 처음 지구에 온 외계인은 아마 광고와 영화와 잡지와 드라마
와 광고 게시판을 보고 인간은 인생의 대부분을 그 짧은 절정기
동안 소모한다고 생각할 것이다.

하지만 우리는 삶의 대부분을 그 시기에 도달하기 위해서, 아니
면 그 시기에서 내려가기 위해 소모한다.

그 시기는 전성기, 청춘기, 화려한 세월, 더할 나위 없는 황금
기로 명명된다.

게다가 소위 그 전성기가 우리 사회의 가치뿐 아니라 우리의 마
음까지 지배할 수 있다.

만일 당신이 젊고 그 시기를 향해 돌진하는 중이라면 그런 태도

를 너그럽게 참으리라.

또는 그 시기에 속했다면 그것을 마땅하게 받아들인다.

하지만 일단 당신이 무궁무진한 잠재력을 지닌 절정기, 로맨스 시장에서 당신의 가치가 최고에 이른 시기, 경력의 절정기, 육체적 활력의 최상기 즉 놀랄 만큼 빠르게 뭐든 해치웠던 시기를 넘겼다면 당신은 한물갔다고 생각할 것이다.

이제, 유혹에 따라 당신의 모든 에너지를 다시 절정기로 돌리는 절대 불가능한 시도에 투여하거나 그렇지 않으면 인생의 방식에 씁쓸해하고 기가 죽는다.

당신은 당신 육신의 이야기를 원하는가, 아니면 영원의 길이 속삭이는 이야기를 원하는가?

그중 한 가지만 당신에게 현실이 될 것이다.

넷

사랑과
책임

배우자에게 요구하지 마라.
절대로 시험하지 말고 질문을 삼가라.
배우자의 기를 살려주려고 노력하지 마라.
심지어 당신의 배우자에게 제발 요구를
그만하라는 요구조차 하지 마라.

세상의 빛이 되다

한 방향으로 깊이 사랑하면 다른 모든 방향으로의 사랑도 깊어진다.
– 안네 소피 스웨친

우리가 딱 한 명의 타인과 단일성을 맛볼 수 있다면 우리는 세상의 빛이 되어간다.

잘못된 사람

사람을 만날 때 우리는 그 사람이 어디 출신이며 어떤 사람인가 하는 선입견을
버리고 곧바로 신과 대화를 한다고 느껴야 한다. 책을 읽지 말고 영혼을 읽어야
한다. 그렇게 될 때 조그만 예배당은 천상의 돔처럼 커다랗게 드러날 것이다.
— 에머슨

항상 '잘못된' 사람에게 이끌리는 게 아니다.

비정상적인 뭔가 계속되지 않는 한 이상적 치료 파트너에게 매
력을 느낀다.

계획적인 사람과 충동적인 사람, 따지길 좋아하는 사람과 '놔두
기' 원하는 사람, 돈을 펑펑 쓰는 사람과 검소한 사람, 집에 있기
좋아하는 사람과 파티를 즐기는 사람.

이들이 함께 하는 건 불행일까.

짝

내가 남을 알지 못하는 것이 죄일 뿐이다. 남이 알아주지 않는 게 무슨 죄란 말인가.

— 장영실

거의 모든 면에서 당신과 반대되는 듯한 사람을 곁에 두고 있다면 제대로 짝을 고른 것이다.

어떤 면에서 당신의 짝은 당신이 거절당한 장점의 저장고이다.

당신의 짝을 용서하라.

그러면 두 사람이 완전한 하나가 될 것이다.

한 몸이 되어가다

다른 감정이 하나도 섞이지 않은 순수한 사랑은 우리의 마음 깊숙이
감추어져 있어 우리 자신도 전혀 모르는 감정이다.
– 라 로슈푸코

옛 사랑의 서약에는 옳은 부분이 있다.

그렇다, 우리는 정말 한 몸이 되어간다.

우리 자신의 육신은 왼쪽과 오른쪽으로 이루어져 서로 협력
한다.

하지만 그 중심도 있다.

용서는 결혼에 구심점을 준다.

어쩌면 지금 이 순간 두 가지 면이 상충하고 있을지 모른다.

그러나 서로의 순수함을 굳게 믿으면 영적으로 완벽한 한 몸이
된다.

변화

세상은 거울과 같다. 사람과의 관계에서 겪는 문제 중 대부분은 스스로와의
관계에서 겪고 있는 문제를 거울처럼 보여주고 있다. 밖으로 나가서 남들을
바꿔놓을 필요는 없다. 우리 자신의 생각을 조금씩 바꿔 나가다 보면,
주위 사람과의 관계는 자동으로 개선된다.
– 앤드류 매튜스

나는 절대로 다른 사람을 진실로 변화시키는 데 성공하지 못할
것이다.

만일 내가 다른 사람이 달라지기를 원하면 나는 짜증나는 데 성
공할 것이다.

일치감

사람에게는 사람이 필요하다.

– 타고르

"나는 당신에 대해서 책임이 없어요. 나는 내 공간이, 내 영역
이, 내 존재 됨이 필요해요."

그렇다, 나는 가끔 그런 감정을 갖는다.

하지만 난 관계 속에 있기 때문에 또한 사랑과 책임과 일치감도
느낀다.

당신과 우리

**나는 당신을 사랑한다. 당신의 존재를 위해서뿐만 아니라 당신과
함께 있는 나의 존재를 위해서도.**
— 로이 크로프트

만일 눈에 티끌이 들어가면 온몸이 그걸 느낀다.

당신은 당신만의 개별적인 욕구를 알아차리고 그것을 부합시
킨다.

하지만 당신들은 그런 식으로 상부상조할 수 있다.

명심하라, 당신이 결혼했음을.

이제 당신들은 한 몸이다.

가령 코가 가려우면 손이 긁어준다.

손은 "그건 네 가려움이야. 네 문제라고." 하고 말하지 않는다.

그대에게 가는 길

서로 사랑하는 두 사람 사이에 한순간이라도 시간이 끼어들게 내버려두면
그것은 자라서 한 달이 되고, 일 년이 되고, 한 세기가 된다. 그러면 너무 늦어진다.
– 장 지로드

말싸움을 했느냐, 우리 자신이 되기 위한 시간을 냈느냐 하는
건 문제가 아니다.

문제는 말싸움을 하거나 뒤로 물러선 의도에 있다.

나는 서로에게 고함치고 길길이 날뜀으로써 우정을 강화하는
부부를 알고 있다.

하지만 그들이 그럴 수 있는 이유는 한바탕 치르는 전쟁이 그들
을 가깝게 해준다는 것을 서로 알고 있기 때문이다.

행복하게 만드는 연습

우리는 잘 모르는 사람을 칭찬하고 뜨내기손님을 즐겁게 해주지만,
정작 사랑하는 사람에게는 생각 없이 무수히 상처를 입힌다.
— 엘라 휠러 윌콕스

"다른 사람을 행복하게 만들 수 없어."

하지만 화나게 할 수는 있다.

어떤 말과 행동에 그가 화를 낼지 직감으로 알고 있다.

화나게 하고, 질투하게 하고, 두렵게 할 수 있는데 왜 행복하게
할 수는 없을까?

그건 직감을 부정적으로 사용하는 데 길들여졌기 때문이다.

사람을 행복하게 만드는 연습을 해라.

곧 전문가가 될 것이다.

관계 바로잡기

진실로 내 의사에 복종시킬 수 있는 것은 나 자신뿐이다.
어찌 남이 내 비위를 맞춰주지 않는 것은 탓하면서 자신의 마음과 몸을
자기의 뜻대로 복종시키려고는 하지 않는가.
— 아우구스티누스

부모와 자식, 친구, 형제자매 또는 배우자와의 관계가 압력하에서 망가진다는 건 두말할 여지가 없다.

만일 다른 사람을 행복하게 만들어주고 싶다면 우선 당신 자신이 압력과 요구의 근원이 되고 최후통첩을 내리기를 그만둬야한다.

진정한 관계

앞서서 걷지 마라, 내가 따르지 않을 수도 있다. 뒤에서 걷지 마라,
내가 이끌지 않을 수도 있다. 옆에 나란히 걸으면서 내 친구가 되어주어라.
— 카뮈

많은 부부가 친밀하고 평화롭게 보낸 다음 날이 종종 재난이 된
다는 사실을 알고 있다.

우리는 그럴 때 부드럽게 웃어넘기는 법을 배워야 한다.

진정한 관계란 우리의 개별성을 대체하는 빛이다.

그리고 그럴 때마다 개별성은 반격을 가하는 듯 보인다.

쨍쨍거리는 마음의 소리

마음 위에 일어나는 불길을 더하지 말고 오직 귓가를 스치는 바람으로 여겨라.
– 《명심보감》 중에서

자아는 쨍쨍거린다.

그게 자아의 본성이다.

그런 분출을 재채기처럼 다뤄라.

오히려 분석하는 게 훨씬 유해하다.

우리의 영적인 관계는 자아의 너무 평범한 몸짓이 아니므로 우리의 일 순위가 될 만하다.

누가 재채기를 하면 우리는 "신의 축복을." 하고 말한다.

"그게 정확하게 무슨 뜻이니?"라고 묻지 않는다.

진정한 이해

누구도 자기가 하는 말이 다 뜻이 있어서 하는 것은 아니다.
그럼에도 자기가 뜻하는 바를 모두 말하는 사람은 거의 없다.
― H. 애덤즈

개나 갓난아이를 붙들고 "네 행실에 대해 한마디 해주고 싶어."
라고 말하지 않고도 잘 지내고 있다.

우리는 이해를 바라지 않는다.

그게 바로 문제다.

내가 아는 부부는 듣거나 말할 수 없는 상황에도 자신들의 문제
를 슬기롭게 이기고 사랑 속에서 성장하고 있다.

의사소통 기술을 발전시켜라.

진정한 이해가 담긴 사랑에 잠겨라.

순수함

아무런 기대 없이 사랑하는 자만이 참된 사랑을 안다.
- 시라

자아와 아무 상관없는 영적인 관계가 있다.

만일 영적인 관계에 부드럽게 안착할 수 있다면 우리는 호르몬의 중단과, 활짝 만발한 육체적 매력의 감소와, 나이의 위축을 뛰어넘어 3년 6개월간 지속될 것이다.

심지어 죽음마저 사랑에 손대지 못한다,

매일매일 각자의 순수함으로 사랑에 잠겨라.

순수함 속에서 우리는 이미 하나다.

사랑의 표현

**사랑에는 한 가지 법칙밖에 없다.
그것은 사랑하는 사람을 행복하게 만드는 것이다.
- 스탕달**

우리 집 강아지는 내가 등을 쓰다듬고 배를 긁어주는 것을 좋아한다.

내 아내는 그것을 사랑으로 받아들이지 않을 것이다.

나는 반드시 그 대상이 이해하고 좋아할 수 있는 언어로 사랑을 표시해야 한다.

그대가 되어

누군가를 사랑한다는 것은 자신을 그와 동일시하는 것이다.
— 아리스토텔레스

자신에게 뭘 좋아하는지 묻지 마라.

심지어 사리분별이 있는 사람이 뭘 좋아할지도 자문하지 마라.

배우자와 자식과 친구가 뭘 좋아하는지 알아차려라.

당신의 이웃을 당신 자신처럼 사랑하는 것은 당신에게 이웃의 자리에 앉으라는 의미가 아니다.

그냥 이웃을 그들이 속한 곳에 가만히 놔둬라.

당신이 그들이 되어라.

각각의 성

성은 여전히 정의하기 어렵고, 설명하기 어려우며, 신비스럽다.
이것은 마치 모차르트의 음악과 같다. 하루는 모차르트의 음악을 들은 사람이
그에게 그 의미를 설명해 달라고 요청하자 모차르트는 이렇게 대답했다.
"만일 내가 그것을 말로 설명할 수 있다면
나는 이 음악을 작곡하지 않았을 겁니다."
— 조지 코넬

섹스는 인생의 과정에서 제거당했다.

예전에는 읽고 쓰기를 배우는 것, 거래를 습득하는 것, 사회적인 삶을 영위하는 것, 자식을 갖는 것, 가족의 일상을 굳히는 것, 그리고 성생활을 하는 것이 모두 하나의 통합된 과정이었다.

이제는 각각의 성적인 나눔이 분석되고 비교되고 심판되어진다.

관계

사랑은 합일된 완성의 드라마다. 그것은 개성적이며 또한 자아의 횡포로부터
해방으로 사람을 인도한다. 섹스는 비개성적인 것으로써 사랑과 일치하기도 하고
그렇지 않기도 하다. 섹스는 사랑을 강하게도 하지만 또한 반대로 파괴적으로
작용하는 일조차 있는 것이다.
– 헨리 밀러

진정한 관계를 갖지 못한 사람들이 종종 멋진 섹스를 하고, 깊고 영적인 끈으로 묶인 사람들은 종종 초라한 섹스를 한다.

섹스는 단순하게 관계의 건강도를 알리는 풍향계가 아니다.

서로의 권리

사랑의 첫 번째 의무는 상대방에게 귀 기울이는 것이다.
– 폴 틸리히

섹스가 경쟁적인 권리 즉 "내가 갖고 있지 못한 게 무엇인가?"를 강조하는 경향이 되었다.

'욕구에 부합'시켜야 할 권리는 상대의 강요받지 말아야 할 권리와 경쟁한다.

전희를 즐길 권리와 절정에 도달해야 할 권리, 양질의 여운을 느껴야 할 권리와 몸을 씻거나 자야 할 권리가 경쟁한다.

이런 식의 접근은 즐길 욕구를 제거한다.

당신을 알기 위해

야다(YADA)는 창조의 행위다. 이것 없이는 자기완성을 이룰 수 없다.
'야다'라는 말은 히브리어로 섹스라는 뜻으로, 상대를 안다는 뜻이기도 하다.
– 《탈무드》 중에서

당연히 두 사람 중에서 한쪽이 다른 한쪽보다 섹스를 더 좋아하
거나 다른 유형의 섹스를 선호한다.

그 현상에서 어떤 의미도 읽지 마라.

두 사람 중에서 한쪽이 돼지고기보다 피자를 더 좋아한다.

그래서 어떻다는 건가?

섹스에 대한 불화는 모든 결혼 문제와 같은 이유를 갖는다.

두 사람에게 부부 관계보다 훨씬 중요한 뭔가가 있는 것이다.

단순히 질문하라.

　　"우리의 우정을 깊이 쌓을 수 있는, 의사소통법을 다정함과
　　　관용의 수준으로 끌어올릴 수 있는 방법은"

그러면 마음속에 섹스에 대한 불화를 극복할 수 있는 수백 가지 방법이 떠오를 것이다.

불가능한 기대

사람은 누구나 이기적이다. 사람은 누구나 다른 사람보다는 자기 자신에게
더 관심이 많다. 사람은 누구나 다른 사람들로부터 존경과 인정을 받고 싶어 한다.
좋은 인간관계를 유지하고 싶다면 이 세 가지 사실을 확실히 기억하라.
— 레스 기블린

제발 신이시여, 인간관계가 아주 작은 압력을 견딜 수 있음을
명심하게 해주십시오.

하지만 왠지 다들 결혼은 다르다고 생각한다.

내 배우자가 내 과거를 치료하고 내 욕구를 만족시켜야 한다는
실현 불가능한 기대 때문에 부부 관계가 평범한 우정보다 훨씬 깨
지기 쉬워졌다!

우리의 주요한 관계는 개성에서 유리되어 존재하는 영적인 현
실이다.

그건 우리의 각성 속에서만 성장할 필요가 있다.

하지만 관계를 포함해 어떤 살아 있는 것도 기대의 무거운 무게
로 짓눌릴 때 각성 속에서 활짝 피어날 수 없다.

요구하지 않기

마음을 자극하는 단 하나의 사랑의 명약, 그것은 진심에서 오는 배려다.
- 메난드로스

배우자에게 요구하지 마라.

당신이 아예 아무 요구도 하지 않을 수 있다면 더할 나위 없다.

절대로 시험하지 말고 질문을 삼가라.

배우자의 기를 살려주려고 노력하지 마라.

심지어 당신의 배우자에게 제발 요구를 그만하라는 요구조차

하지 마라.

있는 그대로의 당신

다른 누군가가 되어서 사랑받기보다는
있는 그대로의 나로서 미움받는 것이 낫다.
— 커트 코베인

마음속으로 되풀이해라.

"나는 있는 그대로의 당신과 평화 속에 있다."

그러면 당신 배우자가 서서히 당신을 따라 신의 평화 속에 자리 잡을 것이다.

후회할 짓

악한 마음으로 말하거나 행동하면, 마치 수레바퀴 뒤에 자국이 남듯
죄와 괴로움이 따른다.
—《법구경》 중에서

할까, 하지 말까 망설여지는 질문은 하지 마라.

혀는 매우 통제하기 어렵다.

만일 내가 아내와 나 사이에 불화를 초래할 것 같은 어떤 말을 내뱉고 싶은 충동을 느끼면, 나는 그 말을 하고 싶지 않은 이유가 분명하고 완전하게 될 때까지 오랫동안 뜸을 들인다.

그렇지 않으면 내가 그 말을 해버릴 테니까.

그리고 후회할 것이다.

나는 있는 그대로의 당신과 평화 속에 있다

잃지 말아야 할 것

인생 속에 있는 것은 무엇이든 간에 겁낼 필요가 없다.
왜냐하면 그것은 오직 이해되도록 기다리고 있을 뿐이기 때문이다.
— 마리 퀴리

배우자를 돕는 일에 화급을 다퉈라.

그 일에 직관을 발휘하라.

서로가 생각하는 최선의 도움은 확연히 다르다.

먼저 두 사람의 조화가 이루어져야 배우자의 고통이 당신의 것이 될 것이다.

당신의 아픔으로 경험하게 된다.

그 다음에는 배우자의 욕구에 부합하는 것이 당신의 즐거움이 된다.

그것이 치료의 정확한 뜻이다.

하지만 만일 당신의 배우자가 완전히 제정신이 아니라면 어떻게 하겠는가?

당신의 배우자가 자식을 학대한다면?

혹은 불법적인 행위에 연루되어 있다면?

그렇다면 물론 당신은 그 관계에서 즉각 물러나야 한다.

하지만 배우자의 내면에 깃들어 있는 순수의 씨앗에 대한 믿음은 절대로 잃지 마라.

기쁨에 휩싸이기

그대는 무엇을 꾸미고자 하는가? 우리들은 먼저 허위의 탈을 벗어던지지
않으면 안 된다. 진실은 허위를 벗어던지면 저절로 나타나게 되어 있다.
따뜻한 봄이 오면 겨울옷을 벗어던지듯 그대의 허위의 탈을 벗어던져라.
진리를 이야기하는 자리에 장식은 필요 없다.
— 마르셀

순수한 견해를 향하는 삶은 한층 고양된 자유와 함께 한다.

증오는 씁쓸함의 파도로 우리를 탈진시킬 수 있다.

하지만 우리가 순수의 나누어진 핵심을 느낄 때마다 기쁨의 물
결 속에 휩싸인다.

진정한 기쁨

어린이의 사랑은 '나는 사랑받기 때문에 사랑한다.'는 원리임에 비해,
어른의 사랑은 '내가 사랑하기 때문에 나는 사랑받는다.'는 원리이다.
미숙한 사랑은 '나는 당신이 필요하기 때문에 당신을 사랑한다.'이지만
성숙한 사랑은 '나는 당신을 사랑하므로 당신이 필요하다.'이다.

— 에리히 프롬

우리는 각각의 행동에 의미를 부여한다.

만일 어떤 부부가 미식가라면 그들은 음식이 주요 문제일 것이다.

하지만 대부분은 음식의 맛보다는 함께 식사를 함으로써 얻는 기쁨을 더욱 중요시하기에 배우자가 음식 솜씨가 없어도 너그럽게 넘긴다.

그렇다면 대화나 섹스를 나누는 단순한 행위가 왜 그다지 중요하단 말인가?

즐거움 찾는 존재 되기

그녀(사랑)는 내 안에서 싸우고 정복한다. 그리고 나는 그녀 안에서
살아가며 숨 쉰다. 그리하여 나는 삶과 존재를 가지게 된다.

– 세르반테스

음식 비평가가 좋아하는 레스토랑은 극히 적다.

영화 비평가가 좋아하는 영화는 매우 희소하다.

미술 비평가가 좋아하는 그림은 대단히 희박하다.

결혼 비평가가 되지 마라.

대신 쉽게 즐거움을 찾는 존재가 되어라.

가장 좋은 조치

사람을 이해하는 방법을 배운다면 그들과 겪는 엄청난 소모전에서
벗어날 수 있을 것이다.
– 랠프 엘리슨

운동경기에 혼선이 빚어지면 심판이 나서서 조치를 취한다.

회사 임원들은 사업을 위해 가장 좋은 조치를 단행한다.

하지만 부부는 거의 모든 일에서 가망 없이 격돌한다.

그들은 각기 입장의 옳고 그름에 초점을 맞춘다.

행복한 결혼 생활의 지름길은 "맞아요, 여보."이다.

그렇게 말할 수 없다면 최소한 타인인 양 배우자에게 친절히 대
해라.

단도직입적인 사랑

**모든 기쁨에서 함께 나누며, 조용한 무언의 기억에서 서로 하나가 되는 데 있어서
두 사람의 영혼이 함께 한다는 것을 느끼는 것보다 더 강한 것이 도대체 있을까.
– 조지 엘리엇**

우리는 바닥에 엎드려 기어다니며, 함께 놀아주며 아이를 사랑함을 보여준다.

애완동물과 입장을 바꿔놓고 생각하며 개가 무엇을 필요로 하는지 안다.

어린아이와 애완동물에게 사랑을 쏟아도 우리가 상처입거나 존재가 말살되지 않음을 이해한다.

그런데 왜, 인생의 배우자를 단도직입적으로 사랑하는 건 위험하다고 여길까?

사랑이란

당신을 사랑합니다. 있는 그대로의 당신뿐 아니라 당신과 함께 있을 때의
나도 사랑합니다. 당신을 사랑합니다. 당신이 당신을 만들어가는 것뿐 아니라
당신이 만들어가는 나의 모습 때문에 당신을 사랑합니다.

– 로이 크로츠

사랑하는 건, 상대가 가진 모든 유해한 충동을 자동적으로 충족
시키는 것이 아니다.

어쩌면 애완견이 죽은 새를 먹고 싶어 할 것이다.

하지만 당신은 개를 위해 새를 먹지 못하게끔 목줄을 잡아당길
것이다.

사랑하는 이를 묶어놓으라는 게 아니다.

사랑이 광기와 관계없다는 말을 하고 있다.

하지만 우선 그것이 광기인지 확신하라.

사랑하는 이유

내가 가지고 있는 모든 것을 다 내주었지만 그 대가로 아무것도 되돌려 받지
못하는 경우도 있다. 그렇다고 사랑을 원망하거나 후회할 수는 없다. 진정한 사랑은
대가를 바라지 않는다. 나는 사랑으로 완성되고 사랑은 나로 인해 완성된다.
                                       – 생텍쥐페리

애완 원숭이는 커튼을 찢는다.

약한 고정대에 매달려 그네를 탄다.

허락도 없이 당신의 빗을 가지고 논다.

입을 벌리고 음식을 먹는다.

밤새 꺅꺅거리며 소란을 피운다.

변기의 물을 내리지 않는다.

모임에 나가지 않는다.

그리고 양말을 뒤집어놓지도 않는다.

당신이 애완 원숭이를 사랑할 수 있다면 배우자도 사랑할 수
있다.

사랑의 축복

**사랑의 계산 방법은 독특하다. 절반과 절반이 합쳐 하나가 되는 것이 아니라
오직 두 개가 모여 완전한 하나를 만들기 때문이다.
- 조 코데르트**

세상은 모든 영적인 개념이 어떻게 표출되어야 하는지에 대한 그림을 갖고 있다.

하지만 영성靈性은 그려질 수 없다.

당신은 일체감을 표면적인 수준에서 행동으로 드러낼 수 없다.

일체감을 표면적인 수준에서 형언할 수 없다.

당신이 모든 동물을 사랑한다고 해서 당신 집을 버려진 고양이로 채우라는 뜻은 아니다.

남편을 사랑한다고 해서 하루 종일 그의 뒤를 졸졸 쫓아다니며 "당신을 사랑해요."라고 말하라는 게 아니다.

아내를 사랑한다고 해서 당신이 실수할 때마다 수백 번씩 사과하라는 게 아니다.

일체감은 마음 깊은 곳에서 우러나오는 행동이다.

그것은 당신이 살아 있는 그 어떤 것에게도 베풀지 못한 침묵의 축복이다.

만일 당신이 그 축복을 억누르지 않는다면 뭔가 할 일이 생길 때마다 그것이 무엇인지를 평화롭게 알게 될 것이다.

신의 안경

최고급 선생은 가장 많은 지식을 가진 사람이 아니다.
학생들이 배울 수 있는 능력을 가지고 있다는 사실을 믿도록 만드는 사람이다.
– 노먼 커즌스

현재 적절하게 행동하기 위해 나는 우리 아이들을 지금 있는 그
대로 봐야 한다.

신의 안경이 사랑이다.

우선 그 안경부터 써라. 그러면 최소한 신이 무엇을 보고 있는
지 조금이나마 알 수 있다.

다섯

양육과
규칙

아이의 꿈을 완성시키지 마라.
아이가 잠결에 속삭일 때 "덤불 속에 숨어라."라고 말하지 마라.
아이의 꿈을 계속 잇지 마라. 그저 아이의 이마에 뽀뽀하고
노래를 불러주고 부드럽게 흔들어 깨워라.

규칙의 말

현명한 사람은 모든 것을 자신의 내부에서 찾고,
어리석은 사람은 모든 것을 타인 속에서 찾는다.
－공자

잡지 기사는 내적인 변화를 지향하기보다 능동 지향적이다.
가령 이런 식이다.

"당신 자녀가 이렇게 하면, 당신은 저렇게 해야 한다."

그러나 만일 내가 누군가에게 어떻게 행동해야 한다고 규칙을
세우면 그 규칙이 하나의 신으로 격상한다.
그때부터 나는 규칙의 말에 귀를 기울이고 내 마음의 평화를 도
외시하게 된다.

마음에 귀 기울이기

풀 위에 앉으면 눈을 감고 풀이 되어라. 풀처럼 되어라.
자신을 풀이라고 느껴라. 풀의 푸름을 느껴라. 풀의 촉촉함을 느껴라.
풀잎 위에 햇살이 노니는 걸 느껴라.
풀잎 위의 이슬방울을 느껴라. 그대는 자신의 육체에 대한 새로운
감각을 갖게 될 것이다.
– 오쇼 라즈니쉬

나는 잠깐 멈춰 서서 내 고적함과 접촉한다.

그 다음 차분한 감각이 이번에는 내게 뭘 하라고 충고할지 그
말을 신뢰하기를 결코 두려워하고 싶지 않다.

복잡함 벗기

부모란 자녀에게 사소한 것을 주어 아이를 행복하게 하게끔 만들어진 존재다.
ー 프레더릭 내시

이것은 진짜 단순하다.

아이가 울 때는 젖을 먹여라.

울지 않으면 그만 먹여라.

아이가 잠들면 침대에 눕혀라.

아이가 놀고 싶어 할 때는 함께 놀아줘라.

그런 식으로 신이 우리를 대하지 않는가?

목자가 양에게 말하듯 "양들아, 나에게도 권리가 있어! 내가 기분이 좋고 준비가 되면 너희의 배를 채워주마!" 하고 신이 말하는가?

인생의 초점

원만한 가정은 상호 간의 희생 없이는 절대 영위하지 못한다.
이 희생은 그것을 실행하는 사람을 위대하게 하며 아름답게 한다.

− 앙드레 지드

인생의 초점이 나의 분리된 자신이 되었을 때 나는 사랑할 수
없다.

나는 하나의 선택을 해야 한다.

자식과 내적인 아이, 둘 중 누구를 양육할 것인가.

두 아이는 서로 반대 방향으로 향하기에 우리는 두 가지 목적을
한 번에 좇을 수 없다.

내가 자식을 우위에 놓을 때 내적인 아이는 일체감의 따뜻한 빛
속에서 축복을 받는다.

주는 것

타인의 슬픔을 같이 해주기에 우리네 인생은 너무도 짧다.
우리 인간은 자기에게 주어진 인생을 살아가기에도 급급하다. 더군다나 실수를 할
때마다 그에 대한 대가를 치러야 한다는 사실은 매우 유감스러운 일이 아닐 수 없다.
실제로 우리는 끊임없이 희생을 치르고 또 치러야 하는 경우가 많다.
그러나 수많은 인간과 관계하는 운명은 이를 감안해주지 않는다.
– 오스카 와일드

신의 마음속에서는 주고받는 것이 동시에 일어난다.

하지만 인간관계에서는 주는 것이 먼저다.

사랑과의 접속

**내가 삶에서 발견한 최대 모순은 상처입을 각오로 사랑하면 상처는 없고
사랑만 깊어진다는 것이다.**
– 테레사

우리는 어떻게 사랑과의 접속을 유지할 수 있을까?

그것을 우리의 유일한 목표로 만듦으로써 가능하다.

스미스 부부는 운전면허증을 갱신하려고 운전면허시험장 앞에
줄을 서 있다가, 앞에 있던 한 어머니가 다섯 살짜리 아들을 언어
로 학대하는 모습을 보았다.

스미스 부부는 경험을 통해 다른 부모와 맞서는 행동은 직접적
으로 아이의 상황을 악화시킬 뿐임을 알고 있었지만 학대가 너무
거칠어졌기 때문에 결국 그들은 줄을 포기하고 자동차로 가서 20
분이나 그 어머니와 아이를 빛으로 에워쌌다.

다른 때, 다시 운전면허시험장을 찾은 스미스 부부는 이번에
는 생떼를 부리는 어린아이 때문에 쩔쩔매고 있는 한 어머니를
보았다.

스미스 부부는 그 어머니에게로 가서 자신들을 손주를 둔 할아버지 할머니라고 소개하고, 자원해서 아이를 달래며 어머니가 볼 일을 볼 수 있도록 도왔다.

비록 스미스 부부는 아이를 어머니에게 보내고 다시 줄을 서기 위해 돌아왔을 때 아무도 그들에게 줄을 양보하지 않아 다음 날 또다시 운전면허시험장을 가야 했지만 그건 스미스 부부에게 있어 너무도 미미한 희생에 불과했다.

그들은 사랑과의 접속을 유지할 수 있었기에.

나의 소명

사랑은 서로가 서로에게 마음을 주는 것이지,
일방적으로 한 사람이 다른 사람을 위해서 희생하는 것은 아니다.
– 베시 헤드

부모 노릇이란 무릎을 꿇고 앉아 작은 성인의 발자국을 훔치는 것이 아니다.

나는 자기희생이 아니라 기쁨을 소명받았다.

내가 우리 자식들을 즐길 때 나는 그들의 행동 속에서 고삐를 잡아야 할 올바른 순간을 본능적으로 느낀다.

안 돼

문제아동이란 절대 없다. 있는 것도 문제 있는 부모뿐이다.
—닐

"안 돼."를 가능한 적게 하라.

하지만 몇 번은 하라.

어린아이는 아주 드물게 잘 선택된 "안 돼."로 인해 사랑받고 있음을 느낀다.

모든 어린아이가 종종 인생을 향해 비참한 접근을 시도한다.

우리는 현명해지고 그 시도가 너무 지나치지 않도록 막아야 한다.

충동적으로 반응하지 마라.

당신이 지닌 아이에 대한 평온한 지식으로 행동하라.

당신은 아이의 내적인 힘을 인도한다.

당신이 개입해서 "안 돼."라고 말하는 이유는 이제 그 아이가 더 잘할 수 있음을 알기 때문이다.

당신은 직관과 차분한 인지력을 통해 그 아이가 실수로부터 배울 수 있는 모든 것을 다 배웠고, 이제는 엄격한 손으로 아이를 인도할 수 있음을 안다.

우리의 목적

사랑은 지배하는 것이 아니라 자유를 주는 것이다.
― 에리히 프롬

우리의 목적은 자녀의 자아가 우리를 미치게 만들지 못하도록 막는 게 아니다.

우리는 자식과 관계를 이루는 것을 걱정하지 않는다.

그리고 분명히 우리는 한 자식을 만들고 있는 게 아니다.

그저 부드럽게 한 고대의 영광에서 먼지를 털어내는 중이고, 그럼으로써 신이 이미 창조한 것을 경외의 눈으로 바라보게 될 수도 있다.

당신이 원하는 일

소년을 엄격과 폭력으로 가르치려고 하지 마라.
그의 흥미를 허용하여 지도하라.
그렇게 하면 자기의 능력이 어디로 향하고 있는가 소년 자신이 찾게 된다.
– 플라톤

말 조련사는 말을 때려선 안 된다는 것을 알고 있다.

개 조련사는 개를 때려선 안 된다는 것을 알고 있다.

진짜 정직하게 예수님께서 우리가 자녀에게 매를 들기를 원한다고 생각하는가?

내가 알고자 하는 것

지혜의 핵심은 올바른 질문을 할 줄 아는 것이다.
— 존 사이먼

우리가 무엇을 하기를 원하는가에 대해 다른 사람의 말을 받아들이는 대신, 솔직하게 질문하는 일에 어떤 해가 따를 수 있을까?

지금을 위한 결정

어떤 것에 집착하지 않는 것이야말로 그것이 가지는
절대적 가치를 알아차리는 것이다.
— 스즈키 로시

자식에 대해 어떤 것도 결정하지 말아야 할 이유는 그 결정이 미래에 어떤 식으로 나타날지 짐작할 수 있어서다.

일체감과 평화를 가지고 지금, 그리고 지금을 위해 결정하라.

가르친다는 것

정보는 지식이 아니다. 지식을 얻을 수 있는 단 하나의 원천은 '경험'이다.
– 아인슈타인

나는 이웃이 몰려와 우리 집 새 차를 만지는 걸 좋아하지 않는다.

또 누가 우리 집 냉장고를 뒤지는 행동도 탐탁지 않다.

그런데 왜 나는 자녀가 다른 아이와 장난감을 나누고 싶어 한다고 생각할까?

우리는 자녀에게 자연히 나누는 것을 가르친다.

하지만 어떤 말과 행동도 아이들에게 그들이 느끼지 못한 가치를 심어주지 못한다.

당연한 일

아이들은 불손하고 건방지며 성을 잘 내고 시샘도 많다. 호기심이 많아 참견하기
좋아하며 무기력하고 변덕스러우며 수줍음 많고 무절제하며 속을 감춘 채 거짓말도
잘한다. 쉽게 웃고 쉽게 눈물을 보이며 사소한 일에 기뻐하고 괴로워한다.
자신이 괴로운 건 참지 못하면서 남에게 아픔을 주는 일은 쉽게 한다.
이런 아이들의 모습이 우리의 모습과 너무 흡사하지 않은가.
– 라 브뤼에르

형제자매의 경쟁은 인간의 자연적인 반응이다.

그 때문에 아무것도 잘못되지 않았다.

고참 고양이는 신참 새끼 고양이를 좋아하지 않는다.

고참 개는 신참 새끼 강아지를 좋아하지 않는다.

그리고 나는 아내가 젊은 남자를 데려와서 "당신의 새 친구를
데려왔어요. 이 사람도 살쾡이를 좋아한대요."라고 말하는 게 싫
으리라.

사랑하는 방법

**가정은 안심하고 모든 것을 맡길 수 있으며,
서로 의지하고 사랑하며 사랑받는 곳이다.**
- 웰스

자녀들에게 그들이 영적으로 '하나'라거나 서로 좋아해야 한다고 말하지 마라.

아이들의 자아가 충돌한다고 해서 마음속으로 그들을 심판하지 마라.

그저 그들 간의 분쟁의 핵심을 제거하는 일을 하고, 무엇보다 그들을 보호하는 일을 해라.

당연히 당신은 완벽한 성공을 거두지 못할 테지만 그들을 완벽하게 사랑할 수 있다.

우리가 무엇을 하기를 원하는가에 대해 다른 사람의 말을 받아들이는 대신,
솔직하게 질문하는 일에 어떤 해가 따를 수 있을까?

행동 정당화

모든 행복한 가족은 서로서로 닮은 데가 많다.
그러나 모든 불행한 가족은 그 자신의 독특한 방법으로 불행하다.
– 톨스토이

당신이 폭발할 때까지 욕구를 쌓아두는 것은 자녀들에게 친절하지 못하다.

휴식이 필요하면 잠깐 쉬어라.

장기 휴가가 필요하면 오래 쉬어라.

해악은 당신이 휴식을 취하는 데 있는 게 아니라 그 휴식을 정당화하기 위한 방편으로 자녀에게 화를 내거나 적대적으로 행동해야 한다고 당신이 생각하는 데 있다.

잘못된 교훈

자신이 배운 것을 모두 잊어버려야 하는 때가 올 것이다.
쓸어 모아 쌓인 쓰레기는 버려진다. 거기서는 어떤 분석도 필요 없다.
– 라마나 마하리쉬

우리는 자녀에게 우리 자신에게 친절함으로써 친절한 사람이
되라고 가르친다.

하지만 '전쟁 장난감'을 없애는 것과 스포츠 경쟁이 그 대답은
아니다.

아이들이 "빵빵! 넌 죽었어!"라고 하는 말이 정말 그런 뜻은 아
니다.

이런 맥락에서 아이들은 영적으로 더욱 엄밀하다.

우리가 아이들에게 풍요로움이 부적당하고 야망이 허위이며
모든 놀이가 약간의 도덕성을 갖춰야 한다고 확신시킬 때마다 우
리는 잘못된 교훈을 가르치고 있다.

세상이 무한한 약속이라고 믿는 때가 있다.

최고가 모든 것을 정당화하는 때가 있다.

심지어 다른 사람을 누르고 성공함으로써 자신을 과시하고 충족시키려는 때가 있 다.

그때가 되기 전에 앞서서 그런 생각을 소개할 때 당신은 저항을 만들고 자식의 내적인 성장을 지연시킨다.

불필요한 전투

의무에는 의무를 다한다는 것 이외에는 다른 어려움이 없다.
— 알랭

당신의 사춘기 자녀에게 쓰레기를 치우고 좋은 식탁 예절을 익히고 공손하게 전화를 받고 물 잔을 부엌에 갖다놓으라고 전투를 치를 필요가 없다.

만일 의무가 당신과 자녀 사이의 일체감을 덧붙여준다면 그렇게 하라.

만일 그렇지 않다면 의무를 제거하라.

최선의 조치

사람들 간에는 아주 작은 차이만 있다. 그러나 그 작은 차이가 큰 차이를 낳는다.
작은 차이는 '태도'이고 큰 차이는 '긍정적이냐 아니냐.'이다.
― W. 클레멘트 스

아이의 꿈을 완성시키지 마라.

아이가 잠결에 속삭일 때 "덤불 속에 숨어라."라고 말하지 마라.

아이의 꿈을 계속 잇지 마라.

그저 아이의 이마에 뽀뽀하고 노래를 불러주고 부드럽게 흔들어 깨워라.

당신의 임무

사랑한다는 것으로 새의 날개를 꺾어 너의 곁에 두려고 하지 말고
가슴에 작은 보금자리를 만들어 종일 지친 날개를 쉬고 다시 날아갈
힘을 줄 수 있어야 하리라.

— 서정주

10대 자녀들의 주요한 임무가 당신에게 '거역하기'이다.

그러니 그것을 너무 개인적으로 받아들이지 마라.

그들은 둥지를 떠나는 단계에 섰고 당신은 부모다.

긴장을 풀고 당신의 운명을 받아들여라.

당신의 임무는 절대로 10대 자녀들에게 '거역'하는 것이 아
니다.

균형 잡힌 행동

아무리 애쓰거나, 어디를 방랑하든 우리의 피로한 희망은
평온을 찾아 가정으로 되돌아온다.
– 올리버 골드스미스

우리는 자녀들에게 실수를 허용하고 그들을 보호해야 한다.
그것이 균형 잡힌 행동이다.

당신의 우선권

비난 속에 사는 아이는 남 헐뜯는 사람 되고,
미움 속에 사는 아이는 싸움하는 사람 된다.
조롱 속에 사는 아이는 수줍음 타는 사람 되며,
참음 속에 사는 아이는 끈기 있는 사람 된다.
격려 속에 사는 아이는 자신감이 넘치고,
칭찬 속에 사는 아이는 감사할 줄 알게 된다.
공정 속에 사는 아이는 정의로운 사람 되고,
안정 속에 사는 아이는 믿음 있는 사람 된다.
격려 속에 사는 아이는 긍지 높은 사람 되고,
인정과 우정 속에 사는 아이는 온 세상에
사랑이 충만함을 배우게 되리라.
– 도로티 로우 놀트

모든 종족의 어른은 그 우선권을 어린 것을 양육하고 보호하는 일에 둔다.

심지어 들고양이도 제 새끼를 보호하기 위해서라면 물불을 가리지 않는다.

만일 새끼 고양이를 위험에서 멀리 떼어놓기 위해 생활 터전을 바꿔야 한다면 어미 들고양이는 그렇게 한다.

무려 10번씩이나 옮겨야 한다 해도 어미 고양이는 마다하지 않는다.

"아이들은 세상에 대처하는 법을 배워야 해."

이런 생각의 오류를 범하지 마라.

아니다, 아이들은 그럴 필요가 없다.

그들은 세상을 치료하는 법을 배워야 한다.

신이 사랑이라는 진리를 배워야 한다.

당신이 자녀에게 가르칠 수 있는 가장 위대한 교훈은 그들을 위해서라면 당신이 당신의 삶을 하위에 둘 수 있음이다.

그러니 그렇게 하라.

당신의 삶을 아래에 둬라, 오늘 당장.

줄 수 있는 것

우리는 온갖 선물을 자녀에게 건네준다.
하지만 가장 소중한 선물이라 할 수 있고 자녀에게 무척이나 의미 있는
즉 부모와의 인간적인 교제를 주는 데는 극도로 인색하다.
– 마크 트웨인

우리 자녀들은 우리를 볼 수 있다.

그들은 신을 볼 수 없다.

우리의 임무는 신의 사랑을 묘사하거나 그것에 대해 끊임없이 이야기하는 것이 아니라 신의 사랑이 보여질 수 있도록 그것을 반영하는 것이다.

단 하나의 진실

**방황하고 있을 때는 언제나 지금 이 순간 가장 필요한 것이 무엇인지 알아내기가
가장 어려운 법이다. 만일 그렇지 않다면 그것은 방황이 아닐 테니까.**
– 키에르케고르

만일 당신 자녀의 마음이 딱 하나의 정직한 생각을 했다면 진실
이 그의 가슴속에 뿌리내릴 것이다.

만일 당신 자녀의 눈에 단 한 방울의 눈물이 맺혔다면 그 눈물
은 강물이 되어 아이를 신성한 영역으로 이끌 것이다.

그러므로 당신 자녀를 위해서 절망하지 마라.

쓸모없는 말

**어제 한 일이 대단한 것처럼 보이면,
오늘 당신은 아무것도 못한 것이다.**
— 루 홀츠

우리는 거울을 보며 생각한다.

'저 모습은 진짜 내 얼굴이 아니야. 진짜는 10년 전의 그 얼굴이야.'

우리는 사춘기 자녀를 보며 말한다.

"너는 진짜 내 자식이 아니야. 넌 아홉 살이었을 때의 그 아이
여야 해."

우리는 성적인 삶과 은행 통장, 명상과 체중과 경력에 대해서도
같은 소리를 한다.

감정
지우기

때때로 내가 용서를 두려워하는 이유는 상대에게
더 많은 시간을 낭비하거나 혹은 다른 신호를 보내야 한다고 생각해서다.
하지만 용서는 마음에서 우러나오는 행동이지 '치~즈' 하는
억지 미소의 순간이 아니다.

용서의 경험

용서의 어마어마한 혜택은 용서를 하는 사람에게 돌아가므로
용서는 아주 이기적인 행동이다.
– 라와나 블랙웰

결코 실수나 악의적인 동기만 존재하는 게 아니라 그 밖에 뭔가
좋은 것이 있다.

용서는 그 밖의 뭔가를 경험하는 문이다.

용서란 행동 자체를 너그럽게 봐주는 게 아니다.

그것은 행동 너머에 존재하는 크나큰 진실을 보는 것이다.

작은 시험

용서하는 것이 용서받는 것보다 낫다. 우리는 끊임없이 용서해야 한다.
그럼으로써 우리 자신도 누군가로부터, 또는 신으로부터
용서받을 수가 있는 것이다.
— 러셀

우리의 삶은 신이 슬라이드를 연거푸 보여주는 것처럼 전개되
고 그 각각의 슬라이드는 아주 작은 시험이다.

신은 말한다.

"넌 이걸 용서할 수 있느냐?"

그 대답이 부정이면 신은 묵묵히 슬라이드를 감아서 훗날 그것
을 우리에게 다시 보여준다.

내가 믿는 것

행복한 생활이란 마음의 평화에서만 성립할 수 있다.
- 키케로

우리는 경험할 것을 선택한다, 알 것이 아니라.

현재 무슨 일이 일어나고 있든 없든 상관없이 '좋은 일'이든 '나쁜 일'이든, 당신 자신에게 말하라.

"이런 상황에서도 나는 순수를 믿을 수 있다. 평화를 믿을 수 있다."

용서의 정의

진실로 시간이 귀한 줄 아는 현명한 자는 용서함에 있어 지체하지 않는다.
왜냐하면 용서하지 못하는 불필요한 고통으로 말미암아 헛되게
허비하지 않기 때문이다.
- 사무엘 존슨

때때로 내가 용서를 두려워하는 이유는 상대에게 더 많은 시간
을 낭비하거나 혹은 다른 신호를 보내야 한다고 생각해서다.

하지만 용서는 마음에서 우러나오는 행동이지 '치~즈' 하는 억
지 미소의 순간이 아니다.

나를 위한 용서

용서는 단지 우리에게 상처를 준 사람들을 받아들이는 것만을 의미하지 않는다.
그것은 그들을 향한 미움과 원망의 마음에서 스스로를 놓아주는 일이다.
그러므로 용서는 자기 자신에게 베푸는 가장 큰 자비이자 사랑이다.
— 달라이 라마

용서는 '유죄'인 사람을 위해서 내가 행하는 멋진 일이 아니다.
용서란 내 자신의 마음을 위해서 내가 행하는 멋진 일이다.
나는 나를 고문하는 마음과 나에게 친구 같은 마음 중에서 어떤
것을 원하는가?

심판의 딱지

모든 사람들이여, 다른 사람을 심판하는 자는 용서받을 수 없노라.
왜냐하면 아무리 재판한다 할지라도, 그 재판에 의해서 당신 자신도
비방되는 것이므로……. 다른 사람을 심판하는 자는 그 자신도 심판받으리라.
— 톨스토이

심판하는 것이 내 마음을 분열시키는 이유는 지금 내가 헐뜯는 이웃이 바로 나 자신이기 때문이다.

"네 이웃을 네 몸처럼 사랑하라."

이 말은 그야말로 문자상의 말이다.

심판은 사람에게 딱지를 붙인다.

용서는 그것을 떼어낸다.

신은 딱지를 붙이지 않는다, 그저 바라본다.

오로지 나의 순수한 시각만이 완전하다.

심판과 직관

어떤 경우에 대해 오직 자신이 주장한 것만 아는 사람은
그것에 대해 알지 못하는 사람이다.
— 존 스튜어트 밀

직관은 지금 당장 누가 부정직한지 말할 수 있다.

하지만 심판은 그 부정직함이 그 사람의 전부라고 말한다.

심판의 문제점은 직관을 요지부동의 관념으로 바꿔놓는 데
있다.

평화에 깃들다

모든 순간순간이 소중한 순간이 되어야 한다. 만약 내가 자신이 먹은 접시를
즐겁게 씻을 수 없고, 디저트를 먹을 생각에 설거지를 빨리 해치우려는
사람이라면 나는 디저트를 기쁜 마음으로 즐길 수도 없는 사람이다.
— 틱낫한

내가 비참한 미래를 두려워하거나 더 나은 미래를 열렬히 희망
할 때 내 마음은 신의 평화 속에 깃들지 못한다.

잘못된 일

우리 일생의 가장 결정적인 행동들은 숙고하지 않은 행동인 경우가 가장 많다.
– 앙드레 지드

판단은 분열을 초래한다.

그리고 공포는 그것을 살찌운다.

안다 그리고 본다

신중한 생활에서 얻어진 편견은 나태한 생활에서 얻어진 습관처럼
바꾸기가 어렵다. 어떤 이는 젊음을 낭비했기에 노년도 낭비해야만 하고,
어떤 이는 길을 찾아내기 위해서 너무나 오랫동안 실수의 미로를 헤매고
다녔기 때문에 그 실수의 미로에서 고생을 계속해야 한다.
— 마이클 볼링브로크

직관은 이렇게 말한다.

"이 차는 저 차보다 유지가 쉬워."

반면 심판은 이렇게 말한다.

"이 차는 고장이 날 거야. 난 이 차를 잘 알아."

만일 내가 자동차를 보는 능력을 제한할 수 있다면 틀림없이 가
족 혹은 다른 사람을 보는 능력도 제한할 수 있다.
내 선택은 그들을 '알 것'이냐, 있는 그대로 볼 것이냐에 있다.

상처 아물기

인간은 실수하고, 신은 용서한다.
– 셰익스피어

우리는 다른 사람이 우리에게 행한 일 때문에 고통스러울 수
있다.

용서는 우리에게 그 고통을 부인하거나 과거를 왜곡해서 받아
들이라고 말하지 않는다.

용서는 우리에게 신을 보라고, 그리고 신의 안에서 상처가 이미
아물었다고 말한다.

당신은 세상의 빛

그대에게 죄를 지은 사람이 있거든 그가 누구이든 그것을 잊어버리고
용서하라. 그때 그대는 용서한다는 행복을 알 것이다. 우리에게는 남을
책망할 수 있는 권리가 없다.

— 톨스토이

용서는 자아를 견디지 않겠다는 결단이다. 그러므로 항상 용서
할 게 아니라 그저 이 순간을 용서하라.

2분 후 다시 불평의 싹이 트면 그 순간을 용서하라.

당신이 누군가 빛으로 감쌀 때 빛을 싫어하는 자아는 원한으로
당신을 조종하는 짓을 멈춘다.

당신이 세상의 빛임을 기억할 때 자아는 흐릿한 그림자가 되어
사라진다.

해야 한다면

우리가 무엇을 생각하느냐, 무엇을 알고 있느냐,
무엇을 믿고 있느냐는 별로 중요하지 않다. 중요한 것은 결국 우리가
무엇을 행동으로 실천하느냐이다.
– 존 러스킨

우리는 행동하기 위해 공격해야 한다고 생각한다.

우리는 직장을 그만두기 위해 화를 내야 한다고 생각한다.

우리는 예배당을 변화시키기 위해 집회를 비난해야 한다고 생각한다.

우리는 친구들을 관계에서 뒷걸음치게 만들기 위해 그들에게 적대적인 상황을 만들어야 한다고 생각한다.

만일 아파서 침실 문을 닫고 몸져눕는다면 우리는 마음의 문까지 닫아야 한다고 생각한다.

영적인 길을 따르는 것은 당신이 더 이상 마음의 방향을 지시하기 전에 심상心象을 결정하는 것이다.

만일 어떤 관계에서 물러나야 한다면 당신의 정신적인 사면과

더불어 전진을 멈춰라.

　만일 아파야 한다면 당신의 사랑으로 가득한 생각을 식구들 주위에 머물게 하라. 그리고 죽어야 한다면, 당신의 영원한 존재로 축복받지 못한 것을 단 하나도 남기지 마라.

감정의 의미

정념은 거미줄과 같다. 그것은 처음에는 낯선 손님처럼 보이나
단골손님처럼 보이고 나중에는 그 집의 주인이 된다.
- 《탈무드》 중에서

감정은 우리 시대의 새로운 신이다.
우리는 그것에 대해 끊임없이 토론한다.
모임을 결성해 그것을 유도하고 해부한다.
가족과 친구들을 내동댕이치는 이유도 그 때문이다.

"방금 그녀가 한 말에 대해서 어떻게 느끼세요?"

이러한 토크쇼를 심화된 문제로 여기며 텔레비전을 시청한다.
하루의 시작부터 끝까지 우리의 감정 속에서 시시각각 변하는
아주 사소한 추이를 민감하게 집어낸다.

"이게 무슨 뜻일까? 그게 무슨 의미를 지녔을까?"

그럼에도 불구하고 우리 육신의 감정은 우리 자신과 신과 신의
아이들에 대해서 우리에게 아무 말도 하지 않는다.

마음 청소

당신 자신에게 약간의 시간을 투자할 마음이 있다면 당신의 기분을
효율적으로 지배하는 법을 배울 수 있다. 날마다 체력 훈련을 받는 선수가
인내심과 강인함을 조금씩 키우는 것처럼 말이다.
— 데이비드 번스

옹졸한 마음은 항상 뭔가를 느끼고 있다.

하지만 나는 내가 누구냐는 질문을 소명받았다.

내가 어떻게 느끼느냐에 대한 게 아니라 그 대답은 내 감정을
무시하거나 부인하지 말라는 것이다.

사실 내 감정을 더 많이 인식해야 한다.

그러나 전혀 다른 방법으로.

이제 나는 그 인식을 빗자루로 써서 감정의 찌꺼기를 치우고
있다.

맛없는 뼈다귀

과오는 인간의 특성이다. 지나간 과오에 빠져 헤어나오지 못할 때
그 과오는 죄가 된다. 과오는 죄악이 아니다. 그것을 죽을 때까지 끌고 가면 안 된다.
최대의 과오는 그것을 깨닫지 못하고 있는 것이다. 과오를 발견하는
즉시 그것을 뉘우치고 새 출발하자.
– F. 시루스

단 1초도 실수를 곱씹는 데 허비하지 마라.

그건 맛없는 뼈다귀다.

진실로 돌아오다

당신이 갖고 있는 것이 당신에게 불만스럽게 생각된다면
세계를 소유하더라도 당신은 불행할 것이다.
— 세네카

어떤 감정이나 행동 양식의 기원을 알기 위해 과거를 보는 일은
좋지만 그건 치료의 이익을 제한한다.

과거는 재조합되거나 해석될 수 없다.

'진실'이 무엇인지 가려봤자 무의미하다.

대신 마음에 자리 잡은 과거를 살피고 하나하나 용서해야 한다.

그제야 내가 신의 사랑에서 벗어난 적이 한 번도 없다는 진실로
돌아올 것이다.

감정 처리하기

감정은 언제나 이성을 짓밟아버리는 경향이 있다.
감정에 충실하게 행동하면 모든 것이 광기로 흐르기 쉽다.
- 발타자르 그라시안

감정은 우리의 내적인 자신이다.

우리는 감정을 처리하는 방법을 만들어 침울해하거나, 무의식적으로 조종당하지 않아야 한다.

찢어라, 나가서 소리를 질러라, 꽝꽝 쳐라.

뭐든 당신이 진짜라고 믿는 걸 해방시키는 데 필요한 일을 해라.

하지만 다른 이에게 배출하진 마라.

더 많은 사람을 문제 속으로 끌어들여 복잡해질 뿐이다.

수양의 열쇠

인간의 마음속에는 절대적 의지 또는 자유의지는 없다.
오히려 마음은 이것 또는 저것을 바라도록 하는 원인에 의해 결정되어 있고,
이 원인은 또 다른 원인에 의해 결정되었으며, 이러한 일은 무한히 계속된다.
― 스피노자

〈어미 잃은 송아지들이 떠돌게 놔둬라〉는 텔레비전 시리즈 〈로하이드〉의 주제곡이다.

마음 수양의 열쇠는 '마음이 흐르는 대로 내버려둬라'이다.

자아는 멈추지 않고 달릴 생각이 꽉 찬 송아지다.

하지만 그런 생각 중 하나와 싸우면 문제 혹은 감정의 쇄도에 빠진다.

모든 생각이 제 마음대로 배회하도록 놔둬라.

생각의 산물

감정의 감옥으로부터 자신을 해방하는 비결은 무얼까? 그것은 단순하다.
생각이 감정을 만든다는 사실을 명심하는 것이다. 따라서 당신의 감정은 정확한
사고에서 비롯된 것이 아닐 수도 있다. 불쾌한 감정은 단지 당신이 무언가를
부정적으로 생각하고 그렇게 믿고 있다는 걸 말해준다. 당신의 감정은 마치 새끼
오리가 어미 오리를 졸졸 쫓듯 생각에 뒤따라 나타날 뿐이다.
– 데이비드 번스

감정은 우리가 움켜잡고 있는 생각의 산물이다.

나는 분노, 권태, 공포 또는 찡얼거리는 자기 연민을 상관하지
않는다.

감정은 오직 생각에 의해 만들어지고 포장되니까.

생각의 고삐를 느슨하게 풀어라.

그러면 감정이 사라지기 시작한다.

분리된 자아

이상理想은 우리 자신 안에 있다.
동시에 이상의 현실을 저해하는 모든 장애 또한 우리 자신 안에 있다.
– 칼라일

자아는 중독적이다.

내 마음의 그 부분 안에서 나는 혼자라고 믿으니 자연스럽게 다른 뭔가와 결합하고픈 열망이 강하다.

내가 했던 실수는 아무것도 주지 않았던 유해한 것과 결합한 것이다.

아무튼 내가 객체를 포기하고 나의 분리된 자아 속에 남아 있으면 내 중독증이 사라진다.

즐거움의 방향

무얼 받을 수 있는지보다 무얼 주는가에 한 사람의 가치가 있다.
– 아인슈타인

알코올중독이 초기에 치료가 빠른 이유는 '환자들'이 서로 잘 아는 만큼 치료 계획의 목표가 자신을 돌보는 마음에서 다른 이에 대한 것으로 이동하기 때문이다.

다른 사람을 보살피는 마음은 중독될 수 없다.

하지만 내 관심의 초점이 분리된 자아를 강화하고 규정하는 데 있다면 나는 결코 봉사의 즐거움을 알지 못할 것이다.

희생자적인 마음

어찌 된 일인지 고통은 그 의미를 찾는 순간 고통이기를 멈춘다.
– 빅터 프랭클

나태한 생각은 대부분 방어적이다.

갈등하는 마음은 상처받기 쉽기 때문에 공포와 의심에 사로잡힌다.

결국 희생자적인 마음 상태가 희생자를 찾는다.

그것은 그 자신을 향하고 다음에는 다른 사람에게 향한다.

오로지 용서만이 마음을 하나로 묶는다.

끝나지 않는 노래

**자기 자신의 마음이 평온하지 않으면, 자기 자신의 마음속에 행복이 없으면
어떻게 타인을 진실로 따뜻하게 대할 수 있겠는가!
– 석가모니**

평온을 유지하라, 그러면 신이 당신과 함께 함을 알게 된다.

온 마음이 신성한 뜻을 경험할 것이다.

집에서 평화에서 그것이 노래하고, 모든 사람과 모든 살아 있는

것들이 끝나지 않는 한 곡의 노래 속에서 음표가 될 것이다.

일곱.

단순함의
평화

좋은 우정을 갖는 열쇠는 내 친구들을 즐기는 것이다.
좋은 부모가 되는 열쇠는 내 자식들을 즐기는 것이다.
멋진 결혼 생활을 하는 열쇠는 아내를 즐기는 것이다.
그리고 영적인 길을 걷는 열쇠는
나 자신을 즐기는 것이다.

내가 하는 말

한 마디의 말이 들어맞지 않으면 천 마디의 말을 더해도 소용이 없다.
그러기에 중심이 되는 한 마디를 삼가서 해야 한다.
중심을 찌르지 못하는 말일진대 차라리 입 밖에 내지 않느니만 못하다.
－《채근담》중에서

행동은 영적인 것이 아니다.

나는 "친절한 마음으로 살해한다."고 말하고, 긍정적인 생각으로 사람을 막다른 길로 몰아붙일 수 있다.

다른 사람들에 대해 '좋은 말을 찾는' 건 사랑을 실천하는 게 아니다.

만일 한 친구에게 그를 속였던 사람이 정말 못된 이는 아니라고 말한다면 방금 내가 그를 더 고립되고 외롭게 만든 참이다.

잘못된 확신

인간을 궁지로 몰아넣는 건 무지가 아닌 잘못된 확신이다.
– 마크 트웨인

영성靈性이 애정은 아니다.

그건 흰 면옷을 걸치고 신처럼 말하는 게 아니다.

영성을 알지 못해도 영적으로 될 수 있다.

치료법을 알지 못해도 치료될 수 있다.

일치를 알지 못해도 일체감을 느낄 수 있다.

하지만 우리가 우리의 신성함에 대해 말하기 시작한다면, 얼마나 신성한지 그림을 그린다면 우리는 우리의 신성함을 차단한다.

쑥덕공론

지혜자의 입의 말들은 은혜로우나 우매자의 입술들은 자기를 삼키나니
그의 입의 말들의 시작은 우매요, 그의 입의 결말들은 심히 미친 것이니라.
— 전도서 10장 12~13절

오리들은 꽥꽥 울고 사람들은 뒷말을 쑥덕거린다.

만일 당신이 꽥꽥거리지 않으면 다른 오리들에게 쫓겨날 것이다.

만일 당신이 쑥덕공론을 하지 않으면 아주 짧은 대화를 하게 된다.

거기에 있다

내가 인생을 다시 시작한다면 초봄부터 신발을 벗어던지고
늦가을까지 맨발로 지내리라. 춤추는 장소에도 자주 나가리라. 회전목마도
자주 타리라. 데이지 꽃도 많이 꺾으리라.
— 나딘 스테어, 〈인생을 다시 산다면〉 중에서

육신이 덜 유연해질수록 당신의 마음을 더 유연하게 하라.

당신의 태도를 느슨하게 하라.

옳고 그름과 강직성의 무거운 외투를 벗어라.

당신의 운명을 가볍게 보아라.

세상을 가볍게 보아라.

거기에는 견해보다 더 많은 볼거리가, 육신보다 더 많은 삶이 있다.

사랑 보관함

사람은 사랑에 빠지는 것도 또 사랑에서 뛰쳐나오는 것도 아니다.
우리는 사랑 속에서 성장하는 것이다.
– 레오 버스카글리아

내 보물은 내 마음이 있는 곳에 있다.

나는 영적으로 꼭 올바를 필요는 없지만 내 마음을 사랑이 있는
곳에 보관할 필요가 있다.

단순함

나는 악의 없이 다른 사람을 씹을 수 있다.

나는 유감없이 정부에 대해 불평할 수 있다.

나는 온몸이 푹 젖지 않아도 날씨에 대해 투덜거릴 수 있다.

내가 유연하고 자비로울 때 나는 행복하다.

내가 경직되고 올바를 때 나는 불행하다.

그게 단순함이다.

평화 속에서

주께서 심지가 견고한 자를 평강에 평강으로 지키시리니
이는 그가 주를 의뢰함이니라.
— 이사야서 26장 3절

자아에게 외관은 전부이다.

예를 들어 플란넬 잠옷의 폭신폭신한 면이 아무 쓸모없는 바깥 천이 된다.

그처럼 자아에게는 우리 육신의 모습과 외적인 행동이 모든 것인 반면, 그 행동 뒤에 숨은 생각은 고려의 대상조차 되지 못한다.

그럼에도 불구하고 현실 속에서 우리가 머무는 곳은 마음이다, 행동이 아니라.

하지만 자아는 그것을 진정으로 헤아리지 않는다.

그래서 우리는 아침 시간을 온통 준비된 것처럼 보이는데 이를테면 깔끔하게 머리 빗기, 제대로 옷 입기 등에 쓰지만 헝클어진 마음으로 집을 나선다.

영적인 길에서는 그 반대여야 옳다.

형태는 부차적인 내용이다.

그러므로 내가 무슨 말을 하고 어떤 행동을 해야 할지에 대한 의문으로 가득 차 있다면 나는 이미 자아에 사로잡혔다.

질문을 해방하고 생각하는 것을 신에게 맡겨라.

이제 내 행동은 조화와 평화에서 마땅히 취해야 할 형태로 흘러나올 수 있다.

평화 속에 자리 잡은 행동에 의문은 없다.

그런 행동이 해가 될 수 없는 이유는 평화가 동반하기 때문이다.

내 보물은 내 마음이 있는 곳에 있다.
나는 영적으로 꼭 올바를 필요는 없지만 내 마음을
사랑이 있는 곳에 보관할 필요가 있다.

나와 함께 하시네

기도는 말보다 깊은 것이다. 기도는 말로 고백하기 이전에 이미
마음속에 있었고 간구의 마지막 말이 입술에서 그친 뒤에도 기도는
여전히 우리의 영혼 속에 남아 있기 때문이다.
― 오 할레스비

어렸을 때 나는 아플 때마다 풀톤 부인을 찾아가곤 했다.
그녀는 눈을 감고 조용히 기도했다.

　　저는 당신과 하나이옵니다.
　　아, 당신은 영원불멸하신 분
　　저는 당신이 거하신 곳에 있고
　　저는 당신 그 자체이고
　　제가 있는 이유는 당신이 존재하시기 때문입니다.

그리고 그때마다 나는 깨끗하게 완치되었다.
　사춘기 시절에 나는 그녀를 형이상학적인 질문으로 고문하기
시작했다.

그러면 풀톤 부인은 그저 눈을 감고 똑같은 기도를 되풀이했다.

그리고 나는 그 의문에서 치료되었다.

심지어 그녀의 아파트를 떠날 때 천사들이 나와 함께 했는지조차 기억하지 못했다.

이미 깨어 있다

우리 역시 스스로가 생각해낸 것이다.
우리의 생각으로 인해 우리의 모습이 생겨난다.
결국 이 세계도 우리가 스스로의 생각으로 만들어낸 것이다.
— 석가모니

주문을 외고 명상 자세를 취하거나 눈을 감고 마음을 미리 정해진 양식으로 만들려는 시도는 각성하기 위한 효과적이거나 강력한 방법이 아니다.

심지어 당신이 평화와 다정함 속에서 가장 세속적인 허드렛일을 할 때조차 당신은 이미 깨어 있다.

즐기는 것

우리의 인생은 우리가 무엇을 부족하다고 여기는지에 따라 달라진다.
– 알프레드 아들러

좋은 우정을 갖는 열쇠는 내 친구들을 즐기는 것이다.
좋은 부모가 되는 열쇠는 내 자식들을 즐기는 것이다.
멋진 결혼 생활을 하는 열쇠는 아내를 즐기는 것이다.
그리고 영적인 길을 걷는 열쇠는 나 자신을 즐기는 것이다.
세상의 외피 아래에 즐거움이 있다.

기적

기적은 하늘을 날거나 물 위를 걷는 것이 아니라, 땅에서 걸어다니는 것이다.
− 중국 속담

기적은 빛의 선물이지 세속적인 선함의 선물이 아니다.

그것은 내가 대하는 세상 전체에서 빛난다.

배경 속에 새로 파인 틈새는 내가 속했다고 생각하는 이 연극 뒤에서 뭔가가 흘러가고 있음을 말해준다.

치료의 문제

자기 중심적인 사람은 절대 행복하지 않다. 만족한 인생을 보내는 비결은
다른 이에게 보다 많은 사랑과 기쁨과 행복을 나누어주는 데 있다.
자기의 일만 생각하고 있는 인간은 그 자신마저도 될 자격이 없다.
— 《탈무드》 중에서

조엘 골드스미스의 말이다.

"치료의 문제는 당신이 누구를 거리로 다시 내몰고 있는지
모르는 것이다."

이처럼 항상 마음을 치료하고 육신이 제 이야기를 하도록 하라.
만일 내가 마음속으로 누군가 의지하고 내 마음을 치료한다면
분명 육체 또한 치료될 것이다.

치료의 힘

받으려면 주어야 하고, 모으려면 뿌려야 하고, 행복해지려면 남을 행복하게
해야 하며 그리고 영적으로 강인해지려면 타인의 영적인 유익을 추구해야 한다.
– 찰스 스펄전

어떤 누구도 치료받지 못한 채 내 앞을 지나가지 않도록 하라.

한 명의 노숙자도, 한 명의 상처입은 아이도, 한 명의 트럭 운전
기사도, 한 명의 분개한 점원도.

신의 만인 평등한 사랑이 비치지 않는다는 생각이나 상상을 고
쳐줘라.

유일한 능력은 보유할 가치가 있고 모든 이들이 이미 그것을 갖
고 있다.

치료를 실천하라.

그러면 당신은 치료사가 될 것이다.

육체적인 치료를 사랑의 상징으로 베푸는 것은 좋다.

닭고기 수프를 제공하는 것도 좋다.

하지만 신이 어떤 이를 치료하고 다른 이를 치료하지 않는다거나 신이 닭고기 수프를 만드는데 그것이 걸쭉한 야채수프로 판명되리란 생각은 단 1초도 믿지 마라.

값진 사랑

남의 행복을 몹시 싫어하고 남의 행복 위에 자기의 행복을 세우려는
사람은 결국 그 자신도 행복하게 되지 못한다.
– 데이비드 로렌스

예수님은 오직 친구와 가족들만 축복한 게 아니다.

우리가 우리 아들딸을 경기에서 이기게 해달라고 기도할 때 우리는 기도의 모든 핵심을 놓친다.

결과를 통제하는 데 모든 흥미를 잃을 때 나는 마침내 내가 마음에 둔 사람들을 모두 자유롭게 사랑하게 될 것이다.

눈으로 볼 수 없는 것

진리의 말이 반드시 위대한 사람에 의해 말해지는 것은 아니다.
말한 사람이 세 살배기 어린아이라도 그 말이 진리일 때는 성현의 말처럼
생각해야 한다. 흔히 고위직 사람이 말할 때는 경청하지만 비천한 사람이
말할 때는 금언이라도 가볍게 여긴다. 더구나 충고하는 사람에 대해 무시하는
경우도 있다. 하지만 그로 인한 손해는 결국 자기에게 돌아가는 것이다.
― 타쿠안 소호

어떤 사람은 맥주를 마시며 텔레비전으로 운동경기를 시청하고 그의 팀을 열렬하게 응원하며 가끔 이렇게 말한다.

"얼씨구, 내 손이 운다."

또 다른 사람은 책을 읽고 영적인 주제에 관한 모임에 참가하고 운동경기에서 어느 편도 들지 않는다.

이때 우리는 전자보다 후자를 더 영적이라고 말한다.

하지만 첫 번째 사람이 자애로운 부모이자 헌신적인 배우자이고 좋은 친구인 반면, 두 번째 사람은 완고하고 옳고 그름을 따지

며 애정이 메말랐을 수 있다.

어떤 모임에 나가서 토론을 위한 토론을 하는 한쪽 배우자보다 '영적으로 무식한' 그 짝이 훨씬 더 인간적인 부부를 우리는 모두 알고 있다.

심지어 대부분의 어린아이들이 주변 어른들보다 더 인간이 되었다.

그리고 아이들은 영적인 개념조차 이해하지 못한다!

각성

인간은 자기 그림자 속에 서서 왜 세상이 이토록 어두운지 궁금해하는 존재다.
— 선의 공안

우리가 각성할 때 우리 행동이 변할 것이다.

하지만 행동을 변화시킴으로써 우리는 각성하지 못한다.

사람을 대하다

우리는 누구나 남이 좋아하기 바란다. 자신이 뛰어난 지식을 자랑하는 듯한
인상을 주는 태도는 결코 남의 호감을 얻지 못한다. 남이 나를 좋아하도록 하는
비결은 상대방의 기분을 유쾌하게 해주는 점에 있다.

– 로렌스 굴드

마음은 신이 베푸는 사랑의 완전함을 받아들이지만 육체는 그
것을 조각조각 분배한다.

그러므로 나는 인색해질 '권리'가 없다.

나는 아내와 아이들과 나를 중요하게 여기는 다른 이들을 도와
야 한다.

나는 그들의 상실을 동정하고 그들의 승리를 기뻐해야 한다.

나는 '정직'이란 이름으로 그들의 행복을 짓밟아선 안 된다.

'반응'을 보이지 마라.

진실을 줘라.

대부분의 사람은 그들이 멋지냐고 진정으로 묻고 있다.

그리고 그에 대한 내 진심으로 가득 찬 대답은 "그렇다!"이다.

신의 아이들은 각각 귀여움과 사랑을 받는다.

제아무리 진실이 호혜적이지 않다는 것을 마음과 기도 속에서 잘 안다 해도 바로 그 순간에 나는 한 사람을 대하고 있다.

"나는 정직해야 해."
"나는 나 자신에게 진실해야 해."

이런 말은 거의 항상 자포자기이거나 배신의 서론이다.

그대로의 존재로

절대로 고개를 떨어뜨리지 마라. 고개를 쳐들고 세상을 똑바로 바라보아라.
– 헬렌 켈러

"난 내 감정을 당신에게 알려주고 싶어요."

하지만 신은 사랑이다.

우리는 창조되어진 그대로의 존재로서 우리의 부정적인 존재를 항상 새롭게 곱씹을 필요가 없다.

옹졸한 마음

거만한 사람은 타인과 거리를 둔다. 그런 거리에서 보면 타인이
자신에게는 작게 보이기 때문이다. 그러나 결국 자기 자신도 그들에게
작은 크기로 비친다는 것을 잊고 있다.
– 찰스 칼렙 콜튼

우리의 치료, 견해, 다른 영적인 감정에 대해 서로 돌아가며 이
야기를 나눠봤자 도움이 안 되는 이유는 그런 대화가 개별적이고
사랑이 담겨 있지 않아서다.

우리는 옹졸한 마음을 개입시켜 특별한 감정에 대해 말하기 시
작하고, 다른 사람들은 자신이 신의 파티에 초대되지 못했다고 생
각한다.

헤아릴 일

나는 지금까지 자기의 욕구를 충족시키려고 노력하기보다는 오히려
그것을 억제하려 함으로써 행복을 얻을 수 있음을 알게 되었다.
– 존 스튜어트 밀

우리가 특별하고 개별적이기를 선택할 때마다 사랑과 일체감
과 우리 삶의 완전함의 증거가 하나둘 사라지기 시작하는 게 여실
하게 보여야 한다.

우리가 각성할 때 우리 행동이 변할 것이다.
하지만 행동을 변화시킴으로써 우리는 각성하지 못한다.

이끌어주소서

수고하고 무거운 짐 진 자들아. 다 내게로 오라 내가 너희를 쉬게 하리라.
나는 마음이 온유하고 겸손하니 나의 멍에를 메고 내게 배우라.
그리하면 너희 마음이쉼을 얻으리니 이는 내 멍에는 쉽고
내 짐은 가벼움이라 하시니라.
— 마태복음 11장 28절~30절

저는 오늘 당신을 믿습니다.

저를 당신의 품으로 이끄소서.

저를 당신의 빛 속에서 씻기소서.

저를 당신의 고적함으로 채우소서.

저에게 보여 주소서, 어둠의 무의미함을

불만과 욕망의 무의미함을

후회와 나태한 생각의 무의미함을

제가 당신과 유리되어 저 혼자 만들었다고 생각한

모든 것의 무의미함을 보여주소서.

저를 껴안고 말해주소서.

제가 당신이 저를 항상 봐왔던 대로 저를 볼 때까지

제가 당신이 저를 영원히 아는 대로 저를 알 때까지
제가 결코 떠나지 않았던 곳에서 저 자신을 발견하고
당신의 기쁨 속에서 목욕하고
당신의 사랑 속에서 안전하고
집과 휴식과 당신과 하나 됨에 있는
저 자신을 발견할 때까지.

노 젖는 집

어느 날, 아내가 나에게 말했다.

"여보, '저어라, 저어라, 당신의 배를 노 저어라'라는 노랫말이
영적인 것 같지 않아요?"

내 생각은 전혀 그렇지 않았고, 아내에게 그렇게 말했다. 그리
고 다음에도 별로 그런 생각을 하지 않았다. 그러나 이제야 신은
내 관심을 얻었다.

'저어라, 저어라, 노 저어라.'

당신은 다른 사람이 아니라 꼭 당신의 배를 노 저어야 한다.

그건 우리 모두가 한 배를 탔기 때문이다.

당신 자신을 치료하는 동시에 다른 승객을 모두 치료해야 한다.

당신은 배가 아니기에 그저 노를 저을 뿐이다.

만일 당신이 급류 속에서 살살 노를 젓는다면 배가 움직일까? 그렇지 않다.

당신은 간섭받고 있지 않다. 하지만 뭔가를 하는 게 중요하다. 아주 다정한 몰두가 당신의 자아를 살그머니 차지하기에.

평화, 사랑, 무해함이 결합한 다정함이 노래와 영적인 길의 핵심이다.

심지어 당신이 급류를 거스른다 해도 살살 노를 저으면 여전히 옳은 방향 속에 있을 것이다.

급류가 가야 할 곳을 아는 이유는 강물이 사랑이기 때문이다. 신이 당신을 목말 태워 안전하게 집까지 데려다주고 있다.

따라가라, 그저 당신의 목적지까지 계속 가라.

강둑이 당신에게 다가오고, 하루의 일이 당신에게 오도록 감각을 전개시켜라. 다시 말해, 현재에 있을 때 당신은 해변에 있다.

즐겁게, 즐겁게, 즐겁게, 즐겁게 세 번 노 저을 때마다 네 번 즐거움이 온다는 사실을 알아차려야 한다.

나에게 쓰는
마음의 편지

초판 1쇄 인쇄 2020년 12월 25일
초판 1쇄 발행 2020년 12월 30일

지은이   휴 프레이더
옮긴이   오현수
펴낸이   한익수
펴낸곳   도서출판 큰나무
등록   1993년 11월 30일(제5-396호)
주소   (10424)경기도 고양시 일산동구 호수로430길 13-4
전화   031 903 1845
팩스   031 903 1854
이메일   btreepub@naver.com
블로그   blog.naver.com/btreepub

값 14,500원
ISBN 978-89-7891-324-9 (03840)